GOBOOKS
& SITAK
GROUP©

三日月書版

三日月書版

婚姻這門生意

3

NOVEL.

KEN

ILLUST.

Misty 系田

目錄

CONTENTS

CHAPTER 09. ✣ 擂臺賽 009

CHAPTER 10. ✣ 可以稱呼老公的關係 141

CHAPTER 11. ✣ 勝利宴會 183

CHAPTER
09.

擂臺賽

果不其然，比安卡又病倒了。決定暫停與布蘭克福特家的晚餐時間，古斯塔夫聽說了之後，也說「就這麼做吧！」表示理解。

比安卡躺在床上的時候，伊馮娜總是嘰嘰喳喳地在她旁邊走來走去。

一開始伊馮娜的話也不多，但擔心一直躺著的比安卡無聊，只好使出渾身解數。畢竟夾在讓人懷疑有沒有長嘴的加斯帕德以及沒有力氣的比安卡之間，如果連伊馮娜也不講話，整個房間會立刻陷入沉默。

「您的身體這麼差該怎麼辦呢？該不會是首都的空氣不適合夫人吧？」

「空氣不都是一樣的嗎？怎麼會有不適合的空氣呢？」

「那也可能是水不適合。畢竟我們阿爾諾領地的水是以清澈乾淨聞名的。」

伊馮娜滔滔不絕地列舉出安卡生病的原因。聽著伊馮娜的話，比安卡覺得自己就像對水跟空氣都挑剔的苛刻貴族女人。

當然，這也沒錯。

想到現在孱弱的身體，比安卡只懷疑自己以前是怎麼光著腳，在城市與城市之間流浪的？竟然只是見到討厭的人就病倒，比安卡對自己令人絕望的體能露出苦笑。

「說不定是因為一直待在房間裡才會這樣。我們在城堡裡的時候，每天都會準

CHAPTER ✣ 09.

時出去散步呢。」

「說得也是，可能是因為沒什麼運動，身體變差了。我們要不要久違地去散散步？」

「嗯……」

比安卡沉吟。散步是相當吸引人的提議，但她又擔心出去外面會遇見雅各布或維格子爵。昨天又不是因為她想見才見到他們的，不是嗎？

不過不能輕易放棄。比安卡來到首都也有一段時間了，去過的地方只有會客室、留宿處以及布蘭克福特家的留宿處。她本來就很好奇首都的庭園有多華麗，再這樣下去，春天很快就過去了。察覺到比安卡在猶豫，伊馮娜更努力地說服她。

「而且您也要有一定的體力，才能去觀賞擂臺賽啊。我們領地有四位騎士參加，您身為淑女，不是應該在現場鼓舞騎士們的士氣嗎？」

「四位騎士？除了三位副將還有誰？」

「哎呀，當然是伯爵大人啊！」

看著比安卡像完全沒預料到似的眨眨眼，伊馮娜鬱悶地敲敲胸口。過了一陣子才明白是怎麼回事的比安卡瞪圓了眼睛。

「伯爵大人也要參加？為什麼？他已經擁有充分的名譽及光榮，還非得參加如此危險的馬術競技……」

「因為這次夫人也一起來了啊！伯爵大人一定是因為想將勝利的榮耀與夫人分享，才會急著參與。伯爵大人是戰無不勝的武將，區區一個馬術競技冠軍應該也是手到擒來。伯爵大人將會在打敗所有騎士之後，朝夫人走來……啊，想想就激動呢。」

伊馮娜的神色滿是悸動，閃閃發亮的眼神看起來像作夢的少女。不過比安卡無法輕易相信。

人們常說馬術競技考驗騎士的實力、魄力與體力，是競技的一種。然而騎馬全速奔跑，舉起長槍刺向盾牌，危險程度無異於賭上性命，實際上也有不少人因此喪命。

他竟然要參加這麼危險的比賽？只因為比安卡也一起來首都了？

她將目光轉向加斯帕德，似乎在詢問伊馮娜說扎卡里要參加馬術競技的事情是不是真的。加斯帕德默默點頭。

伊馮娜誤以為比安卡的驚愕是羞澀，低聲「呵呵」笑了起來。就算比安卡成熟又有氣質，也不過是個十七歲的少女。伊馮娜徹底誤會比安卡，以為她是心裡感到高興，但為了保持貴族的格調而無法表現出來。伊馮娜喃喃自語似的繼續說：

CHAPTER ✣ 09.

「男人本來就會想讓喜歡的女人對自己有好感，展現出意氣風發的樣子。沉默寡言的伯爵大人也不例外。」

「伯爵大人喜歡我？」

「您這樣問是認真的嗎？」

伊馮娜放聲笑起來。沒有正面回答，模稜兩可的態度讓比安卡感到口乾舌燥。直到目前為止，比安卡眼中的扎卡里沒有表現出蛛絲馬跡，伊馮娜究竟是從哪裡感覺到的？比安卡非常想追根究柢，但那樣太失格調了，更何況加斯帕德還在這裡。

應該只是為了讓我開心才那樣說的，不要有過多的期待。比安卡如此說服自己，刻意若無其事地轉移話題。

「知道了，知道了。我知道妳就是這麼想讓我出門活動，我這就起來，幫我更衣吧。」

「我確實很想讓夫人出門活動，但我說的話沒有半點虛假，夫人。您也知道我總是只對您據實以告。」

「好，好。」

比安卡輕笑。雖然笑得很好看，但明顯不相信伊馮娜的話。

伊馮娜輕輕嘆了一口氣。夫人和伯爵大人都很固執，自尊心又強，所以無法坦率接受實情。不僅如此，他們還會用自己的想法曲解對方的好意，以後還有很長的路要走啊。

伊馮娜之所以把比安卡的事當成自己的事來操心，除了出於忠誠，也是因為伊馮娜看著比安卡的婚姻生活，彷彿看見了自己的妹妹。緊閉著心扉的夫妻、彼此會錯意的交流，每當伊馮娜在一旁看到他們這副模樣，胸口就像被攥緊一般喘不過氣。

希望這次擂臺賽能成為契機，拉近兩人的關係。這樣她才能稍微減輕沉沉壓在心上的憂慮。

伊馮娜十分懇切地祈禱。

＊＊＊

打扮整齊的比安卡與伊馮娜走向庭園，比安卡的護衛加斯帕德則靜靜跟在大約五步遠的後方，避免打擾她們散步。

庭園是能看出城堡女主人品味的地方，無論是眼光或手藝，庭園都會反映出

CHAPTER ✢ 09.

女主人的想法。有些女主人會親自拿著修枝剪進行整頓，有些則像比安卡這樣，只會對園藝師下達各種指示。

王城目前共有五座庭園，分別屬於王后、大王子妃以及三名王女。

現任王后是國王的第三任妻子，第一任王后是高堤耶王子、大王女的母親，第二任王后生下雅各布，現任王后則生下兩個女兒。即使塞夫朗王室的女性眾多，子嗣數量卻不多。

除了第一任王后所生的大王女已經二十七歲，現任王后膝下的兩位王女年紀都還很小。兩位小王女的庭園只是栽種番茄的蔬果園，因此值得比安卡前往的庭園只有三座。

比安卡最想去的是以華麗著稱的大王女庭園，但她必須走上一段距離才能抵達大王女的住處，而且按照慣例，要受到主人的邀請才能去拜訪。比安卡至今仍未謁見過大王女，無法前往大王女的庭園。

能去的是王后的庭園以及大王子妃的庭園，比安卡的身體狀況也不好，還是去近一點的大王子妃庭園比較好。決定好之後，比安卡一行人慢慢移動腳步。

大王子妃的庭園整頓得一絲不苟，甚至有些死板。花的種類與顏色都經過嚴格的區分，看起來相當新奇。

來欣賞庭園的人只有比安卡一行人，她很滿意這靜謐的氣氛，悠閒地四處參觀。鮮花散發清香，如果到了五月中旬，盛開的花種變多，看起來會更美。

「好久沒有賞花了，真是華麗又好看。」

「花朵漂亮，但夫人也很美，我甚至將夫人誤認為庭園的花了。」

「妳也很會奉承我呢，伊馮娜。」

「沒有，您真的很美。平常也能打扮得如此華麗就好了，好不容易來到首都，還訂製了新衣服……」

伊馮娜遺憾地嘆息。

比安卡來到首都後新訂製的鮮紅色貢緞禮服，用金色繡線縫上暗紅色飾紋，宛如綻放的玫瑰花一般絢麗。配戴有橄欖綠吊墜的珍珠項鍊，墜在白皙透亮的頸部及鎖骨上，極為華貴。

與比安卡眼瞳的顏色相配，沒有任何雜質，晶瑩剔透的巨大淡綠色吊墜，是比安卡滿十五歲的那一天，扎卡里送她的禮物。

比安卡的頭髮在兩側編織成細辮，收攏到後方綁成一束。這不簡單的手藝出自伊馮娜之手。她為了夫人久違的外出使盡渾身解數，成品出乎意料。比安卡似乎也很滿意，還指定她以後要再做一樣的髮型。

CHAPTER ✢ 09.

一開始打扮的時候，伊馮娜只是抱著久違地振奮一下精神的心情，卻因為對成果太滿意而感到可惜，遺憾地低吟。

「應該也讓其他人看看夫人這麼美麗的樣子才對。」

「我自己看到就心滿意足了。」

比安卡不以為意地看著花回應。在寂寞的阿爾諾領地，她穿上每一季新買的衣服能做什麼呢？只是穿上新買的衣服享受，比安卡就滿足了。她喜歡治裝，卻不怎麼喜歡別人的目光。

跟比安卡不甚在乎，享受著當下的態度不同，伊馮娜難掩遺憾。她今天特別想讓別人看看比安卡是有原因的。

雖然伊馮娜幾乎二十四小時都待在比安卡身邊，但並非完全不會單獨行動。她經常聽見各種小謠言，其中也包含比安卡的。

那些謠言不外乎就是救國英雄扎卡里·德·阿爾諾伯爵的夫人比安卡，是個舉世罕見的惡妻。跟狐狸一樣尖銳難看的臉，骨瘦如柴的柔弱身形、總是神經兮兮的，嫉妒成性又刁蠻無禮，阿爾諾伯爵也拿她沒轍。聽見這種謠言的伊馮娜嚇得張大嘴。

阿爾諾領地裡當然也流傳過類似的謠言。在比安卡今年冬天巡視領地之後減少了許多，但一開始也因此吃了不少苦頭。沒想到這些謠言傳到了首都來。

別的不說，長得醜跟身材乾癟太不像話了。本就纖細的比安卡是因為馬甲緊緊壓著胸部而更顯單薄，和骨瘦如柴是兩回事，這任誰來看都是惡意扭曲。

氣憤的伊馮娜試圖辯解，但嚼舌根的女僕們卻一下子不知道跑去哪裡了，伊馮娜只能忍下怒氣，返回留宿處。

當然，伊馮娜向比安卡提議去散步時，沒有想到要藉此澄清謠言。但在準備外出的過程中，她逐漸產生「希望別人也能看到我們夫人有多麼美麗」的想法，那怕是經過的人，他們能看到這副模樣就好了。然而今天不知道吹了什麼風，來庭園的路上除了幾個僕人之外，沒有見到任何人。

或許是上天聽到了伊馮娜的願望，不久後，庭園的入口處傳來一陣喧鬧。聽見女人們清脆的笑聲，比安卡的眉頭微微皺起。最近每次與陌生人見面就會感到疲憊，比安卡自然會變得敏感。

『希望只是經過庭園的人們。』

但那些聲音逐漸靠近他們。

「這都是託達沃維爾伯爵夫人的福。」

「哪裡的話。」

CHAPTER ✢ 09.

「多虧達沃維爾伯爵夫人是大王子妃的堂妹，我們才能獲得許可出入這座庭園啊，所以當然是託伯爵夫人的福了。」

從轉角現身的是四位貴族女性以及跟在身後的女僕們。其中三位貴族女性擁有深淺不一的金髮，被稱為達沃維爾伯爵夫人的那位則擁有宛如熾熱火焰的紅髮。

達沃維爾伯爵夫人或許是一行人中身分最高貴富有的人，她的打扮明顯與其他貴族女性不同。但她縮著肩膀，手總是摀著鼻子，似乎很在意在鼻梁上的雀斑。這些細節都透露出她在這群人中地位並不高。

「啊……？」

晚一拍才發現比安卡的她們低聲議論。在安靜的庭院中迎面遇上，沒辦法不打招呼就直接走過。一位將深金棕色頭髮盤成髮髻，下巴纖細且鼻梁長的貴族女性向比安卡搭話。

「我們不知道這裡有客人，打擾您了。不好意思，請問您是哪個家族……」

沃爾奈子爵家的千金——賽琳娜瞇起眼，微笑著快速打量比安卡的穿著。她的禮服看起來十分高級，而且竟然是紅色！這可是付不起染料費的賽琳娜想都不敢想的禮服，想必是非常有錢的人。賽琳娜的眼裡瞬間冒出妒火、羨慕，以及得討好比安卡的欲望。

不過仔細一看，比安卡脖子上的寶石是橄欖石。雖然沒看過那種大小又剔透的橄欖石，但畢竟是比祖母綠低等的寶石，配不上那件禮服。看來她的家族地位與這件禮服並不相配。

即使如此，既然她能以那種裝扮出來散步，某種程度上也是「值得交往」的家族吧，畢竟那不是隨便一個充滿虛榮心的俗人能穿上的禮服。

再加上比安卡的身後有護衛，還是身材相當魁梧的男子，散發著壓迫感。賽琳娜有些害怕，但還是覺得對方沒理由為難自己，挺直了脖子。

無論如何，只要知道比安卡來自哪個家族，所有疑問都會得到答案。短時間內努力動腦的賽琳娜眼中閃爍著光芒。在這麼短的時間單看服飾，應該沒辦法再得到更多的訊息了。賽琳娜對自己機靈的應對與敏銳的觀察力沾沾自喜，得意不已。

然而，與自認暗中看透比安卡的賽琳娜想得不同，比安卡掌握了她的心思。比安卡沒有錯過賽琳娜的視線在項鍊上停留得特別久，以及看著寶石微微皺眉的表情。她本能地敏銳感受到自己的身價遭受低估，使她的心情迅速變差。

個性不好、眼光也不好，橄欖石確實跟祖母綠比起來較為低廉，但裝飾橄欖石吊墜的珍珠項鍊，每一顆都圓潤無暇，白皙光滑。賽琳娜只評價了吊墜，似乎

CHAPTER ✢ 09.

不了解在如此珍貴的高級珍珠項鍊中點綴橄欖石代表了什麼意義。

這樣看來，她不是笨到連那意義都不曉得，就是眼光差勁，無法辨別出珍珠項鍊的等級。如果是這樣，至少個性要好一點吧。

對賽琳娜感到不滿的比安卡，沉著表情回答：

「我是比安卡·德·阿爾諾。」

比安卡連自己的名字都不想說，但對方畢竟是貴族，在不確定對方是哪家貴族女兒的情況下，需要維持最基本的禮儀。

但真的只是基本禮儀。通常被詢問身世之後，按慣例會反問對方，但比安卡選擇沉默。因為她不怎麼好奇，也沒有知道的必要。

比安卡優雅地點頭。

「我正準備離開，請各位慢慢欣賞。」

「您不需要因為我們迴避，要不要一起逛逛呢？」

聽到阿爾諾的名號，另一位金灰色頭髮，顴骨突出的女子趕緊拉住比安卡。另一位金髮女子也點頭同意。

在她們吵鬧時，紅髮女子驚愕得直蹱腳。不管怎麼看都是被周圍人們牽著走的樣子。看起來很可憐，但不是應該比安卡介入的事。

好不容易出來散步卻被打擾，對比安卡來說，努力壓抑這份煩躁已經夠體貼她們了。她不耐煩地打斷那些人執意纏著她而說出的蠢話。

「不，我身體不太舒服。再見。」

冷淡地打斷對話，比安卡快步離開庭園。她討厭吵鬧，也不想強迫自己和不想相處的人們在一起。需要勉強親切地笑著、試圖親近的對象，有她的丈夫一個就夠了。

比安卡一移動腳步，伊馮娜與加斯帕德立刻跟上。經過時，加斯帕德的視線短暫停留在她們身上，彷彿在替比安卡記下她們的身分。

比安卡離開後，留在庭園裡的四位貴族女子不敢相信地面面相覷。會這樣如實表露出自己的不悅有兩種情況：一是不懂禮數，二是不想遵守禮數。

說到阿爾諾伯爵夫人，就是布蘭克福特家的女眷，不可能不懂禮數，因此明顯是後者。認為自己受到屈辱的女子們開始一個個發起脾氣。

「那個女的就是大名鼎鼎的阿爾諾伯爵夫人？」

「傳聞不完全是騙人的呢。」

「怎麼可以如此目中無人……」

「聽說『那位』阿爾諾伯爵也對伯爵夫人沒轍。」

CHAPTER ✣ 09.

三位金髮貴族女子竊竊私語，而賽琳娜特意拉高了聲音。比安卡毫不掩飾的輕蔑傷到了賽琳娜的自尊心，剛才對比安卡禮服的驚嘆也變成自卑感纏上她。

『穿上那種禮服就了不起嗎？不過戴著橄欖石項鍊……如果是橄欖石項鍊，我也有一大把。』

將橄欖石項鍊視為比安卡的弱點過於微不足道，根本算不上弱點，畢竟紅色禮服與湖水綠寶石驚人地相配。但那條項鍊是為數不多，讓她們能誤以為自己比比安卡「更」優越的東西。賽琳娜用力挺直脖子說道：

「戴那種項鍊也敢一副傲慢的樣子……妳們有發現阿爾諾伯爵夫人戴的項鍊是橄欖石嗎？」

「真的是橄欖石嗎？連我都不戴橄欖石了。阿爾諾伯爵夫人什麼都不缺，怎麼會戴橄欖石呢？除非她把橄欖石誤認為祖母綠，買錯了。」

「她的眼光該不會這麼差吧？」

從嘲諷的語氣中感覺得到對比安卡的輕蔑。但無所謂，在這裡的女人們都會同一個鼻孔出氣，透過一起說閒話來取得認同感，她們隱密的談話不會傳到比安卡耳裡。賽琳娜笑著，把話題拋給她們之中唯一依舊保持沉默的達沃維爾伯爵夫人。

「這樣看來，達沃維爾伯爵夫人戴的這條項鍊真的很出眾呢。」

「是啊，這是達沃維爾伯爵買給您的嗎？真的是晶瑩剔透的藍寶石。」

「……」

達沃維爾伯爵夫人凱撒琳察覺到賽琳娜想把她拉進談話裡，但她不想跟這些人一起詆毀別人。

可是她不像比安卡一樣性格果決，會因為對方是不喜歡的人就無視對話，或者直接離開。如果她一開始就這麼做，就不會被這三個在首都遇見的貴族女子牽著鼻子走了。凱撒琳尷尬地笑了一下，不知道該如何回答。

她是碰巧遇見了她們。就像今天遇到比安卡一樣，幾天前在散步時向迎面走來的她們打招呼，互報家族的名號。當她們得知凱撒琳是大王子妃的堂妹，就不斷懇求凱撒琳帶她們去見大王子妃。

凱撒琳的個性不懂拒絕，因此帶她們去見大王子妃。大王子妃雖然有禮貌地接待她們，卻對她們充滿毀謗、背後非議以及赤裸裸的吹捧感到十分困擾。

跟現在的對話一樣。

「頭髮顏色也和橡樹一樣灰暗，個性陰沉又刻薄，不管配戴什麼樣的寶石都不適合吧。阿爾諾伯爵大人竟然敢帶那樣的夫人來。」

CHAPTER✣09.

「所以才會到現在都把她放在領地不管啊。這次是遇上盛大的喜事才逼不得已帶她來……」

在塞夫朗，金髮是俊男美女的傳統標準。塞夫朗王室世代都是擁有金髮碧眼的俊男美女，因此金髮碧眼逐漸成為俊男美女的條件。所以髮色稍微接近金色的女人都會以自己的頭髮為傲。

在凱撒琳身邊的這三位貴族千金就是如此。與宛如融化的蜂蜜般高貴的金髮相比，她們的髮色如同樹皮一般，卻還是堅稱自己是金髮。

凱撒琳的髮色非常鮮紅，沒辦法硬說是金髮。凱撒琳的耳朵變得通紅，她覺得這句話不是在攻擊比安卡，而是自己。她決定鼓起一點勇氣維護比安卡。

「但她可能是真的身體不適啊，皮膚也如此蒼白，看起來病懨懨的樣子。」

「不舒服的人怎麼可能會打扮成那樣來逛庭園。啊，難道……」

「妳想到什麼了嗎，賽琳娜？」

聽見另一位女子的詢問，賽琳娜沉默一陣子，假裝難以接受地開口：

「該不會是在找密會的對象……所以才會不願意接受我們一起散步的邀約吧？啊，這當然只是我的猜測而已。」

「太離譜了！侍女和護衛都在身邊，要怎麼密會啊？」

「哎呀……這只是我的猜測啦。不然也可能是和那位護衛私會……他看起來相當威風凜凜。」

賽琳娜想起跟在比安卡身後的高大護衛。她根本不記得高出許多的臉龐長什麼樣子，身材有多高大，卻記得褲子凸起處大概的輪廓——那個尺寸以私會對象來說毫不遜色。

賽琳娜說著「威風凜凜」，手做出掂量的動作，金灰色頭髮的吉爾達德男爵夫人立刻臉紅。不是因為害羞，而是對刺激的話題太過興奮。她說的話看似在維護比安卡，但每個人都知道她根本是裝清高。

「一定是那樣吧。要是阿爾諾伯爵知道就糟了！」

「但這裡畢竟是首都，再怎麼陰暗的女人都會夢想著浪漫故事嘛。」

金髮貴族女子們高聲聊著，她們毫不在意比安卡是否真的在找私會對象，還是與護衛出軌。重要的是在這一刻把比安卡踩在腳下，提升自己的自尊心。凱撒琳無法加入話題又擺脫不了，戰戰兢兢的。

「……那個，夫人們。」

這時，一位侍女小心翼翼地開口。她是凱撒琳的侍女，但擁有一頭金髮，比堅稱自己的髮色是金髮的三位貴族還要耀眼。

CHAPTER ✣ 09.

內心嫉妒她髮色的貴族女子們厭煩地瞪著她。吉爾達德男爵夫人更是指著那位侍女破口大罵。

「妳憑什麼插話？妳知道妳的放肆會玷汙達沃維爾伯爵夫人的名譽嗎？」

「非常抱歉，我無意冒犯各位。只是我知道一件各位夫人應該會有興趣的事情……」

侍女彎下腰鞠躬，每當這個時候，垂在耳朵旁的金髮就會流洩到前方，在陽光下閃閃發光。她不僅擁有美麗的頭髮，臉蛋也十分精緻。雖然看不慣那個侍女的外貌，但又很好奇她知道什麼事。

那位侍女是凱撒琳帶來的人。依照慣例，在主人凱撒琳允許前，侍女不能冒然開口。金髮貴族女子們的懇切目光刺上凱撒琳，好像凱撒琳不同意，也會纏著她直到同意為止。她嘆一口氣，自己無力違抗這些人。

「好，妳說說看。」

凱撒琳語氣無力地准許的瞬間，金髮侍女的嘴角揚起不尋常的微笑，似乎在努力壓抑心中的喜悅。那是掩飾骯髒的內心，假裝純潔崇高，充滿做作與偽善的笑容。

＊＊＊

一開始在庭園遇見貴族女子們的時候，伊馮娜心裡很開心。她期待著只要一切順利，說不定能透過這次會面消除比安卡的謠言。

但事態漸漸變得不對勁。比安卡對她們明目張膽的打量感到不快，反應非常尖銳。伊馮娜知道維持最基本的禮儀已經是比安卡最大的退讓了。

『但這樣真的沒問題嗎？萬一她們對夫人的態度有所不滿而感到不開心，到處散播奇怪的傳聞怎麼辦……』

伊馮娜憂心忡忡地偷瞄那些貴族女子。這時，她在貴族女子們身後的女僕中發現有一位眼熟的人。伊馮娜認出她之後，瞪大眼睛。

『安特怎麼會在這裡……？』

安特被趕出阿爾諾領地後，沒有人知道她去了哪裡。可能回去了家鄉，也有可能去投奔平常對她暗送秋波的貴族家。僕人們對此有很多猜測，卻沒有任何確切的答案。

在漫天的臆測中，安特逐漸被眾人遺忘。那些因為安特被趕出去而大罵伊馮娜是背叛者的人也不再欺凌她。比安卡教導幾名女僕製作蕾絲的方法後，她們反倒很

CHAPTER ✣ 09.

努力在比安卡面前有好的表現。

沒想到被遺忘的她會以貴族侍女的身分來到首都。

夫人也知道安特在那一行人之中嗎？確定周圍沒有其他人後，伊馮娜立刻呼喚比安卡。

「夫人，夫人！」

「怎麼了？」

「剛才那些貴族夫人們。」

「嗯，是啊，討厭的人們。」

比安卡不耐煩地回答，那態度明顯連再次想起她們都不願意。平時伊馮娜會機靈地在這時閉上嘴巴，但今天這件事是例外，她無法這麼做。她著急地追問比安卡。

「跟在那些貴族夫人身後的其中一名侍女是安特。您還記得嗎？因為頂撞您而被趕出去的那個安特！」

「安特……？那是誰……」

比安卡皺起眉，歪了歪頭。她又重複一遍安特的名字，努力回想跟在剛才見到的那些膚淺貴族們身後的侍女，但還是什麼都想不起來。

比安卡的腦袋裡有很多麻煩事，記住了就等於在意，她沒有餘力去在意一個被趕出去的侍女叫什麼名字。她搖搖頭。

伊馮娜見狀，張大嘴巴。不管怎麼說，夫人怎麼能忘記安特呢？雖然距離安特被趕出去已經過了一段時間，但也只過了六個多月啊。

更何況伊馮娜會成為比安卡的侍女也和安特的事有關。對於比安卡不記得兩人初次見面時發生的事，伊馮娜感到有些失望，但她盡可能不顯露出傷心，又問：

「您不記得了嗎？她被夫人打了耳光，我還替夫人熱敷手掌呢。」

「啊……我記得妳幫我熱敷手心的事。」

伊馮娜的表情這才放鬆下來。雖然夫人忘記安特，但記得跟自己有關的事，讓伊馮娜有點感激。其實人比起善意，不是更容易記得惡意嗎？比起伊馮娜對比安卡的付出，安特對比安卡犯的錯理應被記得更久才對。夫人真是心胸寬大的人啊。伊馮娜在心中感嘆，點點頭認同當時的選擇。

「對了，是有那麼一個人。那種脾氣竟然能在這麼短的時間內，成為貴族的侍女。」

比安卡感嘆地說，喃喃自語的聲音中甚至帶著不解。

只靠自己的外貌就恣意妄為的個性，是怎麼當上貴族侍女的？如果不想成為在

CHAPTER ✣ 09.

城堡裡做雜事的女僕，而是貼身服侍貴族女子的侍女，就需要自律及耐心。她記憶中的安特看起來不像那種人，不知道那四位貴族中，是誰選了這樣的女人當侍女，真是沒有看人的眼光。

眼見比安卡似乎想起了安特，伊馮娜興奮地滔滔不絕。

「我一直很好奇夫人的謠言是從哪裡傳出來的，現在知道源頭了。一定是安特那個女人在四處亂說。」

「唉……她這樣做也不是一天兩天了。但這裡有關於我的謠言嗎？」

「有的！非常惡劣的謠言！我們一定要想辦法解決，不然夫人的評價會越來越糟糕。啊……不過您不要太擔心，那些流言也不需要您擔心……」

因為安特感到憤慨的伊馮娜不自覺地喋喋不休。她之後才想到不應該告訴夫人關於謠言的事，萬一夫人放在心上怎麼辦……

身後傳來加斯帕德的輕嘆。伊馮娜瞥了他一眼，但對於自己的輕率行為就算有十張嘴也無話可說。伊馮娜沒有和加斯帕德爭論，而是匆忙補救說「這沒什麼」。

與戰戰兢兢的伊馮娜不同，比安卡十分冷靜。即使安特以前曾對她無禮，比安卡也早就全忘了。她痛快地賞了對方巴掌，也讓安特從自己的眼前消失了，所以哪還有什麼怨恨。

比安卡也早已習慣別人說她的壞話了，就算在首都也一樣。只要不越界，安特要在背後做什麼，比安卡在一定程度上都不會管。她搖搖頭不太在意的樣子，悠然自在。

「我們現在完全沒辦法不是嗎？我沒有親眼看見她散播謠言，也不曉得她是哪個家族的侍女。連剛才在場的人是哪個家族的千金都不知道。」

「請您相信我，我一定會查清楚的，一定！」

「嗯……好吧。如果妳想這麼做的話。」

伊馮娜充滿幹勁，發下豪語說一定會查出安特的行蹤。比安卡沒有的幹勁似乎都轉移到伊馮娜身上了。

伊馮娜難得如此強烈地主張，本來應該阻止她的比安卡也不情願地點點頭。對比安卡來說，比起安特在做什麼，伊馮娜想做什麼更重要。

＊　＊　＊

這天，扎卡里比平時還早來到比安卡的房間。無力地坐在椅子上的比安卡原本看到他突然來訪，想起身迎接，扎卡里卻先對她揮了揮手。

CHAPTER ✣ 09.

體力本就因為短暫外出而耗盡的比安卡欣然坐下。

扎卡里的臉色和平時一樣，很難從表情判斷他的心情，比安卡開始觀察周圍——他的語調、走路的步伐、多接近比安卡等等，綜合這些瑣碎的資訊，大概能推測出他的心情。

微微顫動的瞳孔、特別大的步伐、欲言又止的嘴巴。扎卡里看上去焦躁又慌張。比安卡用指尖輕輕搔著椅子木製扶手上的布料，推測扎卡里為什麼會這樣。

但比安卡的疑惑沒有持續太久，扎卡里親口說出了原因。

「聽說妳見到了那個侍女，是真的嗎？」

加斯帕德，我還以為你是個口風很緊的男人，沒想到比任何人都多嘴。剛才一下子不知道跑去哪裡，原來是去向扎卡里報告了。不僅守不住祕密，動作還很快呢。比安卡輕聲咂嘴。

如果不是扎卡里再次用焦急不安的語氣，詢問遇見安特的事是不是真的，比安卡應該不敢相信這是扎卡里來找自己的原因，因為這件事根本沒那麼重要。

扎卡里和伊馮娜都大驚小怪的，比安卡根本無法理解他們為什麼這樣。

比安卡緩緩點頭，扎卡里立刻觀察起比安卡的臉色，又突然抓起比安卡的手確認她的手掌心。

什麼啊，他覺得我會忍不住怒氣，又賞她巴掌嗎？

比安卡的臉頰顫了顫，但扎卡里沒發現，繼續打量比安卡，確認她身上沒有受傷才鬆一口氣。

「也是，畢竟有加斯帕德在，應該沒有大礙。」

「說得沒錯，我身邊有加斯帕德爵士，還能發生什麼事？」

比安卡輕笑著向旁邊的伊馮娜使眼色。伊馮娜將一旁的椅子拉過來，放在扎卡里方便坐下的地方。扎卡里坐下後，兩人原本高低不一的視線才大致齊平。

如果是以前的比安卡，說不定會懷疑是扎卡里將那個女人送走的。在比安卡面前故作冷漠地趕走她，背地裡將她送給認識的貴族，偷偷延續私情之類的被害妄想。

但她重生後觀察了扎卡里的性格六個月，他並非如此會算計的男人，甚至讓他擁有情婦的傳聞顯得可笑。假如他這麼懂得算計，應該會對她表現得更甜蜜或更冷漠，沒必要把這些小事一一放在心上。

但這也不代表比安卡相信伊馮娜說扎卡里喜歡她的話。只是……扎卡里很誠實，所以他想盡力對唯一的妻子好一點吧？也可能是對在她身後的布蘭克福特家結盟釋出善意……

CHAPTER ✢ 09.

這個理論當然不是沒有矛盾。先前比安卡不願意見父親的時候，要是扎卡里真的在意布蘭克福特家，就不可能爽快地答應隨比安卡的心意了。

但這是比安卡能想到的最佳解答，也是她的極限了。

比安卡害怕草率地相信對方的愛。因為她知道相信愛情是多麼殘忍的事。

認為對方愛著自己，會讓比安卡對對方萌發愛意。她曾經孤單又寂寞，在這種情況下向她表達愛意的費爾南，對她來說無異於久旱逢甘霖。

但結果呢？那是殘酷的背叛！終究只有她一個人付出真心，連這份愛意都被人利用，只剩下羞辱。

更何況這次的對象是扎卡里。

他是比安卡合法的丈夫，是已經有資格擁有她一切的男人，反而更不能相信他的愛。比安卡不能相信他，萬一被他背叛，她究竟要怎麼療傷？

無論是否相信扎卡里的心意，這是比安卡保護自己的基本安全措施，也是最後的防線。

現在的關係就讓比安卡很滿足了。不確認對方的心意，互相尊重體貼……如果身體上能更進一步就好了，不過她也知道，那是她出於對未來的不安所產生的欲望。

總而言之，他們的關係不需要愛情介入其中。

自從和布蘭克福特家的關係改善後，比安卡就不像之前一樣執著於初夜了。反正明年他就會抱自己，到時候再努力也不遲。只要布蘭克福特家還在，就沒必要為了留在阿爾諾家賭上性命……

這一瞬間，比安卡心臟緊縮，感覺被重重壓著，不知緣由地難受。有種錯過某個重要事物的感覺，卻完全想不起是什麼。就在比安卡努力推測難受的原因時，坐在椅子上的扎卡里輕敲了一下手說：

「給我杯水。」

這時，沉浸在思緒中的比安卡才回過神，對伊馮娜往水瓶揚了揚下巴。伊馮娜倒了杯水並遞上，扎卡里立刻將水喝下。他的喉頭大幅滾動，顯示出水的流向。

潤完嗓子的扎卡里大吐一口氣。比安卡勉強抬起因為尷尬而僵硬的臉頰，若無其事地開口：

「看來您走得很急。」

「是啊。」

扎卡里點點頭。他一收到加斯帕德的報告就慌慌張張地跑來，確認比安卡平安無事才鬆了一口氣。

CHAPTER ✢ 09.

那位女僕是個在扎卡里的城堡裡也無禮頂撞女主人比安卡的女人。在首都，不知道會躲在其他貴族背後做出什麼事。所以即使知道有加斯帕德在場，心臟還是瞬間加速，最好先知道她在誰底下做事。

首都太危險了，尤其是人。

扎卡里鬆了一口氣後，終於能慢慢看清比安卡。她雖然想假裝平靜，卻因丈夫突如其來的舉動感到驚慌，表情僵硬。此時扎卡里才意識到自己的失禮，輕吐出懊悔的嘆息。

除了表情僵硬之外，比安卡的模樣今天格外耀眼。灑落的陽光將她的紅禮服染白，與她瞳孔相同顏色的項鍊晶瑩發亮。那是身為門外漢的扎卡里為比安卡精挑細選的禮物。

這是扎卡里第一次看到比安卡戴那條項鍊。本來以為是她不滿意才不戴，沒想到這次帶來首都了……莫名的滿足感讓扎卡里心裡沉甸甸的。

「……項鍊很適合妳。」

「當然，也不看看是誰選的。禮服怎麼樣？這是用當時和您一起挑選的布料裁製的，還記得嗎？」

「當然記得，果然很適合妳。」

看到比安卡輕輕拉起裙襬，扎卡里像鸚鵡一樣茫然地重複一樣的話。那副模樣不像救國英雄，看起來非常傻，讓比安卡低落的心情稍微消失了，調皮地笑著捉弄扎卡里。

「除了很適合我這句話之外，您就沒有別的話可以說了嗎？」

「……很美。」

扎卡里觀察著比安卡的反應，窘迫地小聲補道。他不擅長說甜言蜜語，勉強編出來的稱讚也相當粗糙，這證明了他真的是沒有心機的人。比安卡一開始就不怎麼期待扎卡里會用華麗的詞藻來讚揚她，輕笑著說：

「光是這件禮服就花了兩匹駿馬的錢，當然要美麗了。如果是文森特，想必會嘮叨一頓。」

「為什麼會嘮叨一頓？」

「捨不得錢啊。」

「不用捨不得，這衣服這麼適合妳。我不是說過，妳想要什麼，我都會買給妳嗎？」

扎卡里困惑地歪著頭，漆黑的瞳孔上下端詳比安卡的服裝，又馬上點點頭，一副不管怎麼看都覺得買對了的樣子。

CHAPTER ✣ 09.

比安卡凝視扎卡里片刻。明明不擅於稱讚，卻能用那副模樣說出讓人臉紅的話。有時候看到這樣的扎卡里，真不知道他對女人究竟是擅長還是笨拙。

買衣服的時候也是。這是第一次和扎卡里一起請裁縫師來，每次拿起布來比較，他都說適合，反而讓人難以選擇。

確實不是挑選衣服時的好搭檔。

不過嚴格確認品質這點還是值得信賴。他用像老鷹一樣銳利的目光審視比安卡挑選的布料，例如布上的小汙漬、灰塵痕跡、些微發霉、稍微鬆脫的線頭等等。扎卡里低聲質問「你想給比安卡穿這種東西嗎？」的氣勢相當凶狠，因此比安卡得以買到毫無瑕疵的全新布料。

但另一方面，扎卡里在挑選自己的布料時一點也不用心，甚至直接說「我的衣服只要能保暖就好」。只要是比安卡選的都說好，所以也不是適合買衣服送禮的對象。

不過幸好他身材健壯，不管穿什麼都適合。個子高挑、雙腿修長、肌肉結實，即使是設計大膽的款式也能輕鬆駕馭。

再加上他的肩膀寬闊、胸膛厚實，沒有必要像其他人一樣為了增厚胸部而穿襯衣墊在裡面，就能看見衣服的線條。

有些人為了讓大腿看起來粗壯，夏天也會穿著刷毛的褲子。比安卡有些慶幸自己的丈夫不需要變成那副滑稽的模樣。

他有衣架子般的身材，比安卡只需要在服裝上用點心就十分迷人。深綠色緊身夾克的斜邊與衣領，都用比扎卡里的頭髮更閃耀的銀絲裝飾。

長而寬的衣領優雅，穿在一般人在身上容易變成只有頸部在領子之上，是難以駕馭的設計。但扎卡里的脖子修長結實，從鎖骨到耳後的頸部肌肉彷彿用畫筆畫成的作品，周圍的斜方肌由後往前牢牢包覆住肩膀及胸部。會把人吞沒的領子自然也很適合扎卡里，散落在額頭的銀色碎髮也很美麗。

比安卡知道路上經過的女人看見扎卡里都會臉紅，畢竟在阿爾諾堡裡，所有女僕都很仰慕扎卡里，對他心跳加速。

當時的比安卡無法理解扎卡里究竟哪一點讓她們心動，當女僕們稱讚扎卡里結實的身材與高挺的鼻梁時，比安卡對那個比自己高大魁梧，捉摸不透的人感到懼怕。

但現在，她對扎卡里的恐懼一點一點消失，可以冷靜地看著他，能理解女僕們被扎卡里的哪一點吸引了。

他的容貌充滿男性魅力卻精緻，長年鍛鍊的身體像武器一樣銳利，與周遭身

CHAPTER ✣ 09.

上滿是鬆弛脂肪的男人們不同，毫不鬆懈地鍛鍊到極致的身材自然讓人讚嘆他不僅充滿野性，更像是栩栩如生的藝術雕刻。

『穿著粗糙衣服時都那樣了，現在好好打扮，女人們會再也移不開視線吧。』

一想到那些畫面，比安卡一下子垂下嘴角。這反應不像當初認為扎卡里有情婦也無所謂的比安卡，但她沒注意到自己發生了什麼樣的變化。

比安卡是如此，更何況是扎卡里。他本來就不是機靈的男人，尤其是面對比安卡，他看比安卡的臉色太久，反而對所有事都很消極，只能敏銳地察覺到比安卡是不是討厭自己。

現在就是這樣。扎卡里絲毫不曉得比安卡因為某些想法而心煩意亂，只像隻鸚鵡一樣反覆叮囑。

「總之，不管發生什麼事都要告訴我，就算只是瑣碎的事也要。」

「要是別人聽到，或許會以為我是只會默默忍受的人。」

「比安卡。」

扎卡里催促般地呼喚她的名字，直視她的眼神帶著一定得到比安卡答覆的意志。這不是必須堅持到底的事，因此比安卡無可奈何地嘆著氣回答：

「知道了，我一定會告訴您。反正不用我說，加斯帕德爵士也會向您報告。」

「他在妳身邊不是為了監視，他只是護衛……」

「我知道。」

嘴上這麼說，但她心裡認為那就是監視，比安卡的語尾有些不滿。反正以後也得和加斯帕德一起行動，繼續這個話題也不會有答案，只會讓心情莫名變差而已。比安卡如此心想，轉移話題。

「話說回來，我聽說伯爵大人也要參加擂臺賽，是真的嗎？」

「妳是從哪裡聽說的？」

「伊馮娜告訴我的。」

雖然已經得到了加斯帕德不願肯定的證實，但還是要問扎卡里才能確定。比安卡直直盯著扎卡里，這次換比安卡催促他回答。

扎卡里的表情很複雜。好像覺得不能讓比安卡知道這件事，又因為比安卡知道這件事而高興……扎卡里沒有給出答案，但從他的反應看來，他確實會參加擂臺賽。比安卡睜大眼睛追問：

「是真的嗎？」

「沒錯。」

扎卡里一點頭，比安卡的表情隨即凝固。比安卡放在座椅扶手上的雙手微微顫抖。

「為什麼？那不是很危險嗎？」

「不危險。」

「明明就有人真的因此而死……」

「對別人來說或許很危險，但對我來說不會。」

與憂心忡忡的比安卡不同，扎卡里游刃有餘，信心十足，彷彿他參加的並非馬術競技，而是西洋棋比賽。扎卡里看著焦躁的比安卡，咧嘴笑了一下。

「我也有一定要參加的理由。」

扎卡里從唇縫間露出的臼齒閃著帶有威脅的光芒，想到擂臺賽就鬥志高昂。其實扎卡里不需要參加擂臺賽。不會有人懷疑他的戰功，也透過武力累積了足夠的榮耀。他現在正值巔峰時期，也沒必要向大家展現他的實力。

即使如此仍要參加擂臺賽，對扎卡里來說是一種宣告——向在比安卡身邊縈繞的蒼蠅們宣告她的丈夫是誰。沒錯，就像雅各布那樣的蒼蠅們。扎卡里深邃的黑瞳像燃燒的木炭般發紅。

當然，他不是絲毫不想向比安卡展現意氣風發模樣的意思。但如果他在擂臺賽中獲勝了，比安卡真的會高興嗎？他沒有信心。

扎卡里也知道比安卡不看重戰爭勝利、力量等價值，包括扎卡里是在多艱險的戰爭中帶回重大的功勳。因此擂臺賽對她而言，也不會有什麼不同。

扎卡里瞥向比安卡，她臉上的擔憂並未消失。她究竟在擔心什麼呢？難道是擔心我受傷？

這樣的想法一出現，就有股溫熱宛如春天地面升騰的熱氣，在扎卡里的指尖擴散開來。胸口某處心癢難耐，身體也靜不下來。

但如果單純是擔心他會受傷，比安卡的表情也太嚴肅了。扎卡里搖搖頭，嘆了口氣。

比安卡擔心自己？這是多麼自以為是的錯覺啊。

比安卡很有可能只是因為扎卡里要參加擂臺賽，自己也不得不前去觀賽而感到不安。畢竟她一直對扎卡里從戰場中帶回來的風沙、塵土，以及飄散於其中的血腥味感到反胃。

舉辦擂臺賽的會場，是馬蹄揚起塵土，經常鮮血四濺的地方。扎卡里很清楚比安卡不喜歡這些，因此看著她的臉色木訥地補充道：

「雖然我參加了比賽，但如果妳身體不舒服，在住處休息也沒關係。」

「自己的丈夫參加危險至極的擂臺賽，哪有妻子會在床上打滾？大家會指著我嘲笑，也會玷汙您的名譽。」

「因為別人指指點點或聲譽而讓妻子的健康惡化，這更是不光彩的事。」

扎卡里越說，比安卡的眼睛就瞪得更大，馬上緊皺眉頭。

「真不知道我們為什麼為了這種事爭吵，我的身體沒有糟到那種地步。」

「我是說，我不是因為妳才參加的，所以妳不要勉強自己。」

聽扎卡里勸說似的輕聲說道，比安卡瞇起眼睛看著他。扎卡里的神情沒有異狀，十分泰然自若。

但伊馮娜說扎卡里是為了比安卡而參賽的，是誰在說謊呢？當然也不能因為不是本人，就斷言伊馮娜說謊……

扎卡里是否真的是為了比安卡參與擂臺賽並不重要。因為無論答案是什麼，比安卡都會前去觀賽。比安卡輕嘆一口氣。

即使扎卡里說讓病懨懨的比安卡去競技會場不光彩，但比安卡的出現不僅關係著阿爾諾家的名譽，也關乎布蘭克福特家的聲望。說不定人們又會在背後說三道四，滿口謠言。

比安卡的不太在意旁人說的話，但也沒有理由故意討罵。更何況，她不在乎其他閒言閒語，只是不想聽到有關家庭教育的非議。

口。

比安卡再次下定決心，即使病倒也要去觀賽。當然，她並未將這分決心說出

＊＊＊

城裡每個人都期盼著擂臺賽，四處都熱鬧非常。女僕們在籮筐中裝滿水果來回奔走，僕人們為了在首都附近的寬闊平地上建造擂臺賽競技場，拿著木板和工具往返穿梭。

卡斯提亞的騎士們也為王世孫訂婚而來，這次擂臺賽的主要目的正是互相促進感情。自從卡斯提亞的使節團進入拉奧斯，時常看見臉孔陌生的異國騎士。

受邀的客人不只有外國騎士們，在擂臺賽與宴會中還有許多為了助興而被請來的街頭藝人與吟遊詩人。幾位街頭藝人在孩子的糾纏下，只能在原地表演玩球的特技，大人們也停下腳步欣賞。

擂臺賽的規模與以往不同，人們只要聚在一起就會討論起擂臺賽的話題。關注的人多，自然也有開局打賭的人們，但那並沒有什麼效果。

通常最大賭注會押在奪得最終優勝的人選，但鐵血騎士扎卡里·德·阿爾諾伯

CHAPTER ✣ 09.

爵要參與這次擂臺賽的消息一出，所有人都認為阿爾諾伯爵一定會得到優勝，導致賭局變得毫無意義。人們遺憾之餘，開始推測進入準決賽的人選。

在萬眾矚目之下，參與擂臺賽的騎士們一個個開始緊張。擂臺賽可以讓人揚名立萬，同時也可能會受到嘲笑。將自己的一切賭在這場擂臺賽的騎士們，無一不加緊練習。

馬術競技使用的長槍又長又重，而且必須騎馬衝刺，不容易準確刺中對方的盾牌，因此訓練內容以持長槍刺向靶心為主。他們會練習用長槍刺穿掛在樹上的環，或者用長槍刺向稻草人手中的盾牌，在稻草人轉一圈反擊之前，迅速彎下腰躲避。然而一天兩天的集中訓練提高不了多少實力。

日子在大家汲汲營營中度過，擂臺賽已然到來。

當然，騎士不只有埋頭訓練。擂臺賽可以提高騎士的聲望，也可以讓自己和貴夫人們之間的宮廷戀愛更加濃烈。

他們從平時情投意合的貴夫人手中得到信物，以此為代價，為那位夫人的名譽爭取勝利，或是帶著勝利，向平時心儀的貴夫人表白。貴夫人是否已有家室並不重要，那只是單純基於騎士精神，不惜賭上性命為傾慕的貴夫人獻上優雅且光榮的讚美而已。

貴夫人想到自己的情人或追求者在擂臺賽上活躍，將勝利花冠戴在自己頭上的瞬間也激動不已。還有年輕千金們期待著俊俏的騎士獲得勝利後，來到她們面前告白。

對這些女人來說，比安卡是她們最羨慕的對象。丈夫扎卡里幾乎被認定為擂臺賽的優勝者，阿爾諾領地也足足有三位騎士參賽。

阿爾諾騎士的實力無可挑剔，而且他們都沒有情人，自然會把勝利的榮譽獻給比安卡。光是想像受到騎士接二連三讚頌的模樣就十分羨慕。

然而真正的當事人比安卡不怎麼在意別人看她的眼光。與其在意這種事，她有太多事需要擔心了。

比安卡始終對未來感到恐懼。沒有繼承人而被阿爾諾家驅逐的畫面，就跟刺一樣扎在眼底。見到雅各布與維格子爵後，她自然感到更不安。畢竟他們兩個是在前世，為了趕走自己而設下圈套的人。

比安卡怕他們在打什麼算盤，這次會不會也收買費爾南、設下詭計。萬一他們又收買費爾南，反而值得慶幸，至少可以做出防備。

『一直臥病在床也是因為這些精神壓力吧……』

比安卡尤其害怕扎卡里參與擂臺賽的原因也是一樣。只要想到那些人不知道暗

CHAPTER ✣ 09.

藏著什麼計謀，比安卡就覺得整個身體像被抽乾了。

仔細想想，前世扎卡里在戰爭中那麼輕易死去，令人難以理解。以前她不怎麼在意這一點，但看見扎卡里在首都得到的待遇，發現他確實是實力出眾的騎士，讓她越來越疑惑。

比安卡不知道前世讓扎卡里死去的戰爭有多危險困難，但一想到雅各布陰險的內心，他派人在混亂的戰場上趁機暗殺的猜想更符合邏輯。當然這只是比安卡的假設……

『萬一他在這次擂臺賽上動手腳怎麼辦？也許是馬匹或武器……』

不過這次有這麼多雙眼睛在看，應該沒辦法明目張膽地做出可疑的事。再加上現在的雅各布正極力隱藏自己的野心，想必不會輕舉妄動。比安卡像這樣說服安慰自己。

滿腦子胡思亂想，比安卡都忘了在擂臺賽開始前去見扎卡里，將蕾絲手絹交給他。按照慣例，貴夫人們通常會將袖子、面紗、頭髮或手絹等私人物品，交給為自己出戰的騎士。

擂臺賽當天，比安卡走向競技會場，手裡撫摸著來不及給扎卡里的手絹。

『等一下有空檔就要去找他才行。』

雖然不知道扎卡里會不會開心，但如果什麼都不給就讓他站到場上，心裡有些不安。即便扎卡里至今從未要求比安卡承擔任何妻子的義務，但還是得盡點本分。比安卡嘆了口氣，將手絹摺好收起。

競技場裡已經聚集了許多人。貴族觀賽的地方是和競技場分開的平臺，沒有必要提早到場，不過平民的觀眾席是先搶先贏，為了坐在淨空區附近，觀眾們在太陽一升起就出發前往競技場，兜售酒品的人穿梭於其中。

比安卡來到看臺，尋找位子的伊馮娜拉著比安卡往某個方向走去。

「夫人，這裡，這裡看得最清楚。」

「坐哪裡都一樣。」

「可不能隨便坐！今天會有很多騎士向夫人獻花啊。」

似乎只是想到這件事就欣慰，伊馮娜滿臉笑容。比安卡不想潑伊馮娜冷水，安靜地坐在伊馮娜找到的位子上。

擂臺賽會連續舉辦四天，扎卡里的賽事在今天、第三天及第四天。當然，前提是他每一場都贏。這段時間不一定要一直待在競技場，但也沒有特別的事要做。比安卡悠哉地想，身體靠上椅背。

這時候，看臺上響起演奏魯特琴的聲音，看來是吟遊詩人來了。看臺是屬於貴

CHAPTER✢09.

族的空間，不過如果貴夫人們的特地邀請，吟遊詩人可以陪在旁邊助興。比安卡不怎麼在意，只是望著競技場。

但她無法完全忽視傳到耳邊的聲音。原本默默聽著魯特琴弦音的比安卡，發現旋律非常耳熟。

『嗯，歌曲應該都差不多吧……』

正打算就這樣讓這件事過去，歌曲前奏結束，吟遊詩人開始歌唱。男人的聲音猶如將蜂蜜淋在融化的奶油上一樣甜美。

一聽到吟遊詩人的嗓音，一股寒意立刻竄上脊椎，蔓延到比安卡全身。像被扔進過去的惡夢裡，恐懼及不悅讓比安卡的四肢顫抖。

『怎麼可能。為什麼偏偏……』

但不能逃避，必須親眼確認才行。

為了用自己的眼睛確認不想面對的事實，比安卡緩緩轉頭看向歌聲來源。

果不其然，站在那裡的是她前世的情人——費爾南。

彈奏魯特琴唱歌的費爾南，比起比安卡記憶中的模樣青澀爽朗許多。他對貴夫人們微笑諂媚的樣子，與嘲諷被驅逐阿爾諾的比安卡的樣子一模一樣。

費爾南看起來相當習慣和貴族夫人們打交道，這對比安卡來說有點受打擊。因為前世的費爾南曾說他很難得到貴族夫人的青睞，心情低落地垂頭喪氣。

比安卡從那樣的費爾南身上看見自己的影子，因此更可憐他。而費爾南就是拚命鑽進比安卡露出的這點漏洞。

『我只有夫人您了，請夫人成為這世上唯一理解並接受我的人吧……』

他說這些話的同時，纖長的睫毛微微顫動，看起來更是可憐。

那時的比安卡曾覺得費爾南的態度有些奇怪，但因為他淒涼的模樣產生同情心，便忘了那些不對勁。自己居然被這種彌天大謊欺騙，坦白說，現在回想起來只剩嘲笑。

比安卡顫抖的身體靠上椅背，呼吸急促。頭腦混亂得隱隱作痛，四肢發顫。

『話說回來，費爾南究竟為什麼在這裡……？』

比安卡雖然困惑，但理性地想了想，他會出現在這裡也不足為奇。

因為這次阿貝爾王世孫訂婚是前所未有的盛大儀式，許多流浪的人全部都湧向首都。沒有任何一個吟遊詩人會蠢到錯過這個可以在上位者面前表現，做得好就能大撈一筆的機會。費爾南想必也是懷著這種成功的美夢來到首都的。

『真是冤家路窄……』

費爾南、維格子爵，甚至是雅各布，前世懷有怨恨的人似乎都集中在首都。

CHAPTER ✣ 09.

比安卡至今一直努力控制表情，卻在見到費爾南時前功盡棄。過去有多相信他，遭受背叛的衝擊就更加深刻。比安卡感到反胃，將視線從費爾南身上收回，努力平復呼吸。

比前世還早與費爾南相遇讓比安卡非常驚慌，但現在不是為了費爾南這種人表露情感的時候，就這樣盡量忽視他吧。至於該如何報復費爾南，以後再思考也不遲。

但世事什麼時候都如比安卡所願了？比安卡剛收回看向費爾南的目光，遠在另一端的費爾南就逐步靠近。

比安卡對費爾南的猜測幾乎正確。這次在首都，他打算大撈一筆，將擂臺賽當作機會，努力讓貴族夫人們留下印象。

只要抓住一位金主，就能改變人生。就算比不上以俊男美女馳名的塞夫朗王室，但費爾南還是對自己的臉蛋很有自信，而且他的歌聲也與外貌一樣出眾，要迷惑一、兩個老實的貴族夫人不是問題。

費爾南心懷鬼胎，打扮一番後來到擂臺賽競技場。透過事先打好關係的子爵夫人，輕而易舉地來到貴族夫人們所在的看臺。如果不是那位夫人，他可能還沒上臺就被踢出去了。

費爾南走上看臺後，就像隻鮮豔的雄孔雀一樣表現才藝。彈著魯特琴觀察周邊的反應，幸好夫人們的反應不錯。費爾南露出滿意的笑容，開始唱歌。

這時，費爾南感受到投在自己身上的強烈視線。偷偷斜眼一看，竟是一個穿著華美的年輕貴族千金，正用動搖的眼神看著他。

當然，那位貴族千金正是臉色蒼白的比安卡。

成功了，魚上鉤了。費爾南這樣想著，嘴角毫不掩飾地上揚。誤以為比安卡對他有意思的費爾南，緩緩走向比安卡。

名門望族的千金，或是年輕夫人。從她的穿著看來，一定是有錢人家。只要好好勾引她，一定能成為闊綽的金主。她的年紀小，經驗應該也很少，這樣的少女只要迷上男人，就會陷入瘋狂，無法回頭。決定以比安卡為目標，費爾南盡量用溫柔甜蜜的嗓音向她搭話。

「美麗的千金，我是否能冒昧請教您的大名？」

「……」

比安卡用不知所措的眼神看向費爾南。被其他人稱讚甜蜜的嗓音，在比安卡聽來只覺得黏膩又油腔滑調。她不想和費爾南說話，緊緊皺起眉頭，感到煩躁無言。

而費爾南誤以為比安卡的這副模樣是羞澀，再次有耐心地詢問：

「我對千金一見鍾情，覺得可以為您的美麗吟唱幾首歌，請您對卑賤的小人大發慈悲，告訴我您的大名。」

「……那。」

「非常抱歉，千金。請您再……」

聽見比安卡自言自語般的呢喃，費爾南再度露出嘴角塗滿蜂蜜般的溫柔笑容催促她。但比安卡沒有回答他。

如果是平常，加斯帕德會把他趕走，但偏偏今天加斯帕德為了參加擂臺賽沒有在她身邊。這個情況讓比安卡感到害怕，她甚至沒有看費爾南一眼就從座位上跳了起來。

「伊馮娜，我得在比賽前去見我丈夫。」

比安卡抬起下巴，直接與費爾南擦身而過。連和這種兩面三刀的人在同一個空間呼吸都覺得噁心，比安卡頭也不回地走下看臺，伊馮娜也驚慌地追在她後面。

假裝不經意偷聽比安卡與費爾南說話的貴夫人們，覺得比安卡的態度十分無禮。雖然對方是個吟遊詩人，但怎麼可以這樣無視站在自己眼前說話的人呢！

無視如此哀痛地求愛的男子，就如同對宮廷戀愛不熟悉、沒資格被騎士們擁戴的女人。當然，這些夫人們會爭相向比安卡翻白眼，也是因為費爾南帥氣的外貌。

但比起貴夫人們用銳利的眼神批評比安卡，被比安卡忽視的當事人費爾南不怎麼放在心上。

她說要去見丈夫，看來已經結婚了。費爾南認為比安卡冷淡的反應是已經有丈夫的女子，因為不懂得宮廷戀愛而感到驚慌。

豪門世家千金的婚姻應該是家族聯姻，通常丈夫大多是中老年人。背著年老丈夫遇見自己這種俊俏的年輕男子，該會有多慌張啊！

雖然她現在對於男女間的自然吸引力到不自在而反應消極，但費爾南確實看到她的眼神中有燃燒的某種情感。只要他再積極主動一點，用不了多久她就會對自己敞開心扉。

費爾南就這樣一廂情願地期待著。

＊　＊　＊

一滴冷汗沿著比安卡下頷滴落。雖然本來就打算把手絹拿去給扎卡里，但就算

CHAPTER ✣ 09.

沒有這條手絹，比安卡一樣會逃出來。

比安卡加快腳步，努力讓腦袋冷靜下來。她試圖整理混亂的思緒，但太多亂七八糟的想法讓她暈頭轉向。曾經散落一地的碎片一塊塊重新拼合，又一再變得支離破碎。

費爾南究竟為什麼會向比安卡搭話？他有非得這麼做的理由嗎？難道是像前世那樣，受到雅各布或者維格子爵唆使，想讓比安卡墮落嗎？

但比安卡現在不像過去那樣好對付。更何況費爾南只不過是個吟遊詩人，不需要跟面對王室成員雅各布一樣裝模作樣地看對方臉色，他膽敢胡言亂語試試。怒火高漲的比安卡，眼中閃過精光。

來不及整理思緒，比安卡在激動的情緒平復之前，就已經抵達扎卡里所在的阿爾諾家的帳篷。

家門越是顯赫，或是過去在擂臺賽獲取的戰績越好，帳篷就會設在距離競技場越近的地方，阿爾諾家的休息帳篷自然就在最近的位置，所以比安卡比想像中還快抵達，腦中還亂糟糟的。

伊馮娜看著主人不尋常的臉色猶豫著，和比安卡兩人面面相覷。

反正呆站在這裡整理思緒，混亂的腦袋也沒那麼容易平靜下來，周圍路過的騎士們充滿好奇的視線也令人不愉快。比安卡毅然決然地點點頭，伊馮娜也點頭回應後，在帳篷前高聲通報比安卡的來訪。

「伯爵大人，夫人來找您了。」

伊馮娜的話音一落，帳篷內立刻傳來鐵器粗魯碰撞的聲音。因為沒有回應，比安卡以為對方沒有聽見，正準備叫伊馮娜再次通報時，帳篷的布幕猛然掀開。

扎卡里穿著金屬板甲站在入口，驚愕地向下看著比安卡，眼神沒有一點喜悅，讓比安卡慌張起來。

扎卡里發出沉重的低吟，打量比安卡全身上下。

「妳怎麼會來這裡？」

「什麼叫怎麼會來？我就是來了。」

面對他不怎麼歡迎的反應，比安卡有些受傷。

難道是在期待他熱情迎接嗎？自己在這段時間也改變很多啊。比安卡輕笑，盡可能裝作不在意，踏著輕盈的腳步走向扎卡里。

或許該說是萬幸，扎卡里沒有把她趕走。他伸手在她的頭頂上掀起帳篷入口的布幕，方便她進入。比安卡暗自鬆了一口氣，走進帳篷內。肩膀掠過冰冷鎧甲的感覺相當陌生。

CHAPTER✢09.

伊馮娜知道比安卡來找扎卡里的理由，所以沒有跟著進入帳篷，只站在外面等待。

「今天加斯帕德沒有跟著妳……沒什麼事吧？」

「離得這麼近，怎麼會有事呢？」

怎麼會沒事？出了大事，但比安卡還是盡力不動聲色地回答。

在帳篷裡協助扎卡里穿鎧甲的屬下們看見比安卡，都嚇了一跳並低頭行禮。比安卡朝他們輕揮揮手，他們收到比安卡下的逐客令後紛紛離去，帳篷內只剩下扎卡里和比安卡。

雖然不是不能被別人聽見的話，但也不是她願意讓人聽見的內容。老實說，從未做過這種事讓比安卡有點害羞。

穿著鎧甲的扎卡里非常陌生。比安卡曾在他從戰場歸來時遠遠看過，但這麼近距離看還是第一次。也許在年紀更小的時候看過幾次，只是不太記得了。

鎧甲連接縫處都是鐵製的，想必十分沉重，但他看起來已經習慣了，一派輕鬆。實際上，比起穿著用絲綢與天鵝絨製成的衣服，現在的他，眼眉線條更為平緩。

扎卡里的銀灰色髮絲自然地散落在比平時更柔和彎起的眉毛上方。他的銀色鎧甲被擦得發亮，外面再套上繡有阿爾諾家紋章的黑色外袍。

傳說故事裡的騎士就是這個樣子嗎？他穿上鎧甲後的模樣，神聖得令人忍不住這麼想。

在比安卡呆望著扎卡里時，扎卡里問道：

「妳不待在觀眾席，跑來這裡有什麼事嗎？」

「……我想起一件早上忘記的事。」

這時才回神的比安卡慢慢地回答。扎卡里揚起一邊眉毛，很好奇比安卡究竟忘了什麼。

比安卡將手伸進懷裡，抽出手絹的指尖微微顫抖。腦中閃過之前和索沃爾的對話。

『羅貝爾爵士很擔心，他的擂臺賽玫瑰要是被夫人拒絕該怎麼辦？』

『這有什麼好擔心的？這麼擔心的話，不要給我玫瑰不就好了嗎？』

『哎呀，我們不給夫人玫瑰的話，能給誰呢？』

『所以擔心這個才沒有用啊，反正都一定要給的不是嗎？』

比安卡當時認為羅貝爾之所以會擔心，是對自己沒有信心而感到不屑，但現在好像非常理解他的心情，對羅貝爾有點愧疚。

CHAPTER ✢ 09.

如果扎卡里開心那當然很好，但也有可能不喜歡。雖然這是她自己在鑽牛角尖，但扎卡里一開始就不希望她來看擂臺賽。說不定扎卡里認為，把淑女給的手絹綁在手臂上參加競技，只會礙手礙腳添亂，一點意義也沒有。

擔心扎卡里的反應讓比安卡心跳加速，指尖因為緊張變得冰涼。

比安卡希望扎卡里千萬不要發現自己在發抖。

她盡力裝出若無其事的樣子，控制好表情。即便如此也沒有勇氣看向扎卡里的眼睛，視線悄悄往下，避開扎卡里的目光。

手絹被比安卡握在手中一陣子，心跳聲越來越大，臉頰沁出汗水，表情也越來越難控制，甚至能感覺到自己的兩道眉毛在逐漸靠攏。比安卡的腦海閃過許多想法。

早知如此就不來了。拜託快點拿走吧，或者說點什麼……！

在比安卡忍不住大叫出聲之前，連手指也被戴上鐵甲的扎卡里，緩緩拿走手絹，動作輕柔得像是手帕從指縫中掉落。

扎卡里接過手絹後，比安卡終於鬆了一口氣。終於結束了，接下來無論扎卡里說的話是讚美還是批評，只要不是這種壓抑的沉默，她似乎都能承受。

但她放心得太早了。扎卡里拿到手絹後，依然保持沉默。

扎卡里手中拿著白色蕾絲手絹，木然地呆站著一陣子，不敢置信似的撫摸著手絹。因為戴著手套，觸感變得遲鈍，手裡的白色蕾絲質地很奇妙。

扎卡里沉默了許久。比安卡不知道他到底在想什麼，卻依然沒有勇氣直視他的臉。希望扎卡里能做出一點反應。比安卡最終承受不了緊張，小聲補充。

「這是我親手織的。」

「妳親手織的嗎？」

扎卡里驚訝得提高音量反問，向比安卡靠近一步。穿著鎧甲的高大身軀猛然一動，比安卡也驚訝得抬起頭。

兩人瞬間四目相交。

比安卡不禁立刻轉過頭。她擺脫了剛才緊勒脖子的緊張感，卻不知道自己的心臟現在為什麼跳得這麼快。

「對……雖然不算什麼。」

「怎麼會不算什麼？我真的……」

扎卡里的聲音像哽咽似的變得微弱，彷彿有某個東西鯁在喉頭，無法繼續說下去。

確認他不討厭之後，比安卡冷靜下來，等著他說話。但還是無法忍受指尖的酥

CHAPTER✣09.

麻感，捏著自己的衣角時，好不容易將激動吞下肚的扎卡里再次開口。

「真的很高興。」

扎卡里的語尾流露著濃厚的喜悅，比安卡反而因為他這麼開心而感到難為情。她沒想過扎卡里會開心到這種程度。雖然心情很好，又像穿錯衣服一樣不自在，比安卡不知不覺地辯解：

「真的沒什麼，沒有特別的技巧，只是用白線編織而已。」

這一瞬間，扎卡里在比安卡面前單膝下跪。出乎意料的舉動讓驚愕的比安卡不知所措。因為她一直看著地面，扎卡里屈膝跪下後仰望比安卡，兩人立刻對上目光。如果刻意避開視線會更尷尬，比安卡覺得眼前天旋地轉，出現帳篷左右晃動的幻覺。

正當比安卡不知所措地踱步時，扎卡里將拿著手絹的手放到胸口，另一手輕輕抓住比安卡的指尖，拉向自己。

遮蔽雙手的衣物滑下，露出比安卡白皙的手背。如牛奶般潔白的皮膚上，每一節指骨清晰凸出。比安卡認為這樣很難看，急忙想抽回手，但扎卡里輕輕抓住的力道比想像中還堅定，比安卡的手動彈不得。

扎卡里親吻比安卡的手背，輕聲呢喃。

「我以家族起誓，一定會把優勝獻給妳。」

嘴唇在手背上移動的感覺生動鮮明。

就像被扎卡里直直仰望自己的目光箝制住，比安卡無法動彈地向下看著他。總是看起來高大又寬闊的肩膀，如今在自己的視線下方。

低頭看著總是只能抬頭望去的扎卡里，感覺十分陌生。除了不自在、不習慣，同時有一種奇妙的成就感。

一向冷靜的扎卡里臉上滿是激動，難掩激昂的情緒，如此露骨地流露出來的模樣令人訝異，那是比安卡在扎卡里身上看到最印象深刻的反應。強烈、明確，完全無法讓人誤會自己看錯了。

而比安卡的表情大概也和扎卡里差不多。

不知道是不是擂臺賽開始了，外頭吵鬧起來。布幕外不斷傳來鏗鏘聲、人們的呼喊聲以及騎士們經過時的談話聲，兩人所在的帳篷內卻像離了一層玻璃，十分安靜。

扎卡里紋風不動，似乎在等待比安卡的答覆，靜靜仰望著她，而比安卡也同樣靜靜注視著扎卡里。

比安卡的臉頰燒得滾燙，嘴唇內側微微顫抖，手掌發麻，手臂及頸部都起了雞皮疙瘩，呼吸急促。光是這樣靜靜看著扎卡里、站在這裡，就讓比安卡的心跳不斷加速。

彷彿這世界上只剩下他們兩人。

比安卡曾以為自己人生中最浪漫的瞬間，是從費爾南口中聽見告白的時候。但現在這瞬間遠遠無法與當時相比，激昂不已，根本連一絲想到費爾南的空隙都沒有。

宛如太陽升起的剎那，原本漆黑的世界被光芒覆蓋，比安卡與扎卡里視線交會的片刻之間，有許多東西不斷反覆出現、消逝及變化。彷彿在黑夜及白晝之間滲透進來的清晨，是一場奇蹟。然而比安卡仍不曉得這感覺究竟是什麼，低聲回應扎卡里的誓言。

「願您獲得祝福、勝利與榮耀。」

比安卡向扎卡里伸出手，像在討回被扎卡里握在手中的手絹。即便不明白比安卡的用意，扎卡里依然聽話將手絹交給比安卡。

比安卡扶著扎卡里的手臂，讓他起身，只是輕輕向上拉，他的身體就迅速跟著站起。逆轉的視線位置又變回原樣，但比安卡不覺得扎卡里像從前一樣巨大又可怕。

比安卡靠近扎卡里，親手將手絹綁在扎卡里的手臂上。扎卡里紋絲不動，默默看著比安卡的動作。或許是他屏住了呼吸，就算近在咫尺也聽不見扎卡里任何呼吸聲。

比安卡將手絹牢牢綁在鎧甲上。綁在銀色鎧甲上的蕾絲手絹相當顯眼，比安卡小心翼翼地在牢固的手絹上落下一吻。最敏感的部位碰上光滑的金屬，冰涼的觸感像火花一樣，使比安卡的唇發燙。

彷彿要將氣息注入手絹內，比安卡在手絹上留下漫長的吻，嘴唇才慢慢離開。她往後退一步、兩步，腳步輕盈得像想跳上一支舞。剛進來帳篷時，因為所有負面的想像讓心情焦慮的自己顯得可笑。有些飄飄然的比安卡向扎卡里輕輕露出宛如成熟果實的微笑。

「我會期待優勝的。」

＊　＊　＊

布幕掀開，比安卡從裡面走出來。扎卡里出來送行，比安卡卻是像婉拒似的拍拍他的胸口，轉身離去。

CHAPTER✢09.

在外面等待的伊馮娜跟在比安卡身後。比安卡進入帳篷前十分沉重的表情變得輕鬆許多。伊馮娜瞥了一眼扎卡里的手臂，炫耀似地綁著蕾絲手絹。揣摩主人的情緒也是侍從的本分，伊馮娜聲音開朗地配合比安卡的心情說：

「似乎進展得很順利呢。」

「嗯。」

「您的表情比剛才好很多。」

「是嗎？」

「是，伯爵大人很開心吧？」

「好像是。」

比安卡輕笑。扎卡里不得不送比安卡離開的表情，看起來就像聰明人露出了傻笨的模樣，十分有趣。比安卡從沒想過扎卡里會有那種神情。

當比安卡表示會期待扎卡里的優勝，他結結巴巴地請比安卡相信自己，回想起他的這副模樣，比安卡止不住笑意，胸口一側湧上的騷動感也久久不散。

來將手絹送給扎卡里，讓比安卡成功轉換了心情。再回去觀眾席之後看不見費爾南就太完美了。

但這只是比安卡的奢望。她們回到座位時，費爾南依然留在貴夫人們之間盡力逗人開心。

比安卡坐回座位的瞬間，視線與正在彈奏魯特琴的費爾南對上。他露出欣喜之情，比安卡立刻皺起眉。

慶幸的是，某個很喜歡費爾南的貴族夫人緊緊抓著他，一直和他聊天。雖然不知道是哪家的貴夫人，比安卡懇切地期盼對方可以繼續纏著他不放。

嗡嗡嗡嗡——

比安卡回來後不久，宣告擂臺賽揭開序幕的號角聲響徹雲霄。人們屏住呼吸，競技場靜下來後，主持人高聲說道：

「非常感謝所有為祝賀塞夫朗王國的主人，維克多・德・塞夫郎陛下的孫子，也是高提耶・德・塞夫郎的兒子阿貝爾爵士，以及卡斯提亞王國的主人，加西亞・卡斯迪亞陛下的女兒，納瓦拉王女的訂婚儀式，來到這場擂臺賽的各位！」

此起彼落的掌聲傳來，比安卡也配合氣氛輕輕拍著手。畢竟和王族們坐在一起，她也必須稍微看臉色行事。

塞夫朗王室與卡斯提亞使節團所在的看臺比比安卡所在的位置更高一層。但坐在那裡的塞夫郎王室成員只有國王、王后、大王子高提耶夫妻，以及已經成年的大王女。

CHAPTER ✢ 09.

雖說是阿貝爾王世孫及納瓦拉王女的訂婚，但兩人卻因為年紀太小而未出席，與這兩位年紀相仿的二王女、三王女也沒有出現。而且二王子雅各布也不在位子上。比安卡不知道雅各布為何缺席，反倒覺得很慶幸，光是費爾南就夠累人了。

第一場競技正式開始。

首先是比安卡不曉得所屬家族的騎士們。各家族的發言人高聲介紹騎士們的血統及戰績，騎士則站在看臺前的淨空區兩側，從各自的侍從手中接過長槍，蓋上頭盔的面罩。當旗幟揮落，兩位騎士立刻策馬衝向對方。

「哇啊啊啊啊啊啊！」

其中一位騎士的長槍刺穿對方的盾牌，觀眾們立即大聲歡呼，眾人的歡呼聲讓比安卡的耳朵嗡嗡作響。穿過盾牌的長槍也跟著四分五裂，被刺穿盾牌的一方則花了一段時間才找回身體平衡。

這次擂臺賽屬於高水準的競技，騎士們經常刺不中彼此的盾牌，長槍揮舞落空，經過三回合才分出勝負。

獲勝的騎士走向某位貴族千金，拿出掛在外袍上的玫瑰花交給對方。或許是被對方的長槍掃過，玫瑰花變得散亂不整，但收到鮮花的貴族千金非常高興，周圍的其他貴族女性投以羨慕眼光。一位女子心情不悅地別過頭去，看來是戰敗騎士的戀人。

就這樣，進行了好幾場比賽。

觀眾席的氣氛熱烈，但比賽的騎士和自己沒什麼關係，比安卡自然提不起興趣，只是無趣地看著場內。然而接下來的這位騎士讓比安卡不得不挺直身體。

「請各位掌聲歡迎，古斯塔夫．德．布蘭克福特伯爵之子，騎著獨角獸而來的哈根摩尼亞後裔，若阿尚．德．布蘭克福特爵士！」

發言人大喊後，比安卡的哥哥若阿尚來到場上，舉著畫有布蘭克福特家獨角獸紋章的盾牌，他的頭盔頂部也有仿造獨角獸尖角的雕刻，做為裝飾。

頭盔包裹住騎士的整個頭部，只留下可以看到外面的孔洞。比安卡不停眨眨眼，試圖確認站在那裡的騎士真的是若阿尚。

旗幟揮落的瞬間，比安卡的心怦怦直跳。偶爾有參賽者從馬上墜落，或是因為長槍攻擊的位置錯誤而受重傷，比安卡也擔心哥哥會有個萬一。她的丈夫扎卡里是非常厲害的騎士，應該不會犯這種錯誤，但哥哥他……

比安卡與若阿尚之前一直保持著疏遠的關係，不久前才再次相見，使得比安卡不了解若阿尚擁有多強的實力。她的目光不斷追隨著若阿尚移動，嘴巴裡也變得乾澀。

CHAPTER ✣ 09.

幸好若阿尚得到兩次勝利，揭開頭盔後，比安卡的哥哥露出燦爛的笑容。若阿尚環顧觀眾席，找到比安卡後騎馬向她走去。

「哥哥。」

「收下我的玫瑰吧，比安卡。」

「當然好。」

比安卡溫柔笑著，接過若阿尚遞來的玫瑰，同時將身體往前傾，輕吻上騎在馬上的若阿尚臉頰。若阿尚也微微笑著，在比安卡的臉上留下一吻。稍微打過招呼後，若阿尚再度騎著馬，威風地離開競技場。

侍從們為減少塵土揚起在競技場地面上灑水。其他人繼續準備下一場比賽時，比安卡低頭看著握在手中的玫瑰。自己是連哥哥要參賽都不知道的冷漠妹妹，作夢也沒想過會收到哥哥的玫瑰，因此有點茫然。

站在身後待命的伊馮娜微笑著向比安卡搭話。

「這是第一枝玫瑰呢。」

「嗯。」

比安卡輕輕點頭。雖然剛才無法理解那位貴族女性為一朵玫瑰又哭又笑的反應，但現在好像有點明白那種心情了。比安卡的心臟大力跳動，心情相當不錯。

比安卡獲得的玫瑰當然不只這朵。接連出賽的索沃爾及羅貝爾也將勝利納入囊中，將玫瑰獻給比安卡。

「將勝利與光榮獻給我們的夫人。」

「……請您收下。」

比安卡欣然接下他們的玫瑰。索沃爾以滑稽又誇張的手勢向比安卡道別後離開，羅貝爾反倒在比安卡接過玫瑰後，驚訝地瞪大雙眼。看來先前索沃爾說他很擔心比安卡會拒絕玫瑰的話不是誇飾，而是事實。比安卡忍住笑意，嚴肅地表揚羅貝爾的功績。

比安卡的裙子上已經躺著三枝玫瑰。四周的視線漸漸投向比安卡，善於察言觀色的人也早就發現了比安卡的真實身分。布蘭克福特家的繼承人以及阿爾諾家的騎士們獻上玫瑰的對象，要推測出來太簡單了。

現在輪到加斯帕德了。與其他騎士相比特別魁梧的加斯帕德一出現在競技場上，所有人都屏住呼吸，為加斯帕德的對手默哀。

當然，加斯帕德輕鬆通過了這一戰。

當獲勝的他騎著馬走向比安卡，觀眾們都露出果然如此的表情。加斯帕德向比安卡鞠躬行禮。他即便騎著馬還能與比安卡平視，由此可知他的身形多高大。

CHAPTER ✣ 09.

加斯帕德掀開頭盔的面罩，木訥的臉上滿是緊張。伊馮娜起鬨似的在比安卡的背後呢喃。

「夫人，這是第四枝玫瑰了。」

然而比安卡一動也不動地坐著。當比安卡的視線迎向加斯帕德，卻發現他的目光微微偏離自己，比安卡的猜測果然得到了證實。

對於伊馮娜的催促，比安卡也只是淺笑著，一動也不動。

加斯帕德一臉緊張地調整了一下心情，終於下定決心，緩緩開口：

「伊馮娜。」

「……什麼？」

「請妳收下。」

加斯帕德將玫瑰遞給站在比安卡身後的伊馮娜。她不敢置信似的瞪大眼睛，來回看著加斯帕德與比安卡。

加斯帕德不是應該向夫人……

伊馮娜一時恍神，傻愣在原地，比安卡微笑著出聲催促她。

「伊馮娜，加斯帕德爵士在等妳啊。」

「您、您是說我嗎？」

伊馮娜結結巴巴地指著自己，顫抖的樣子甚至有點可憐。加斯帕德默默地點頭回應伊馮娜的提問，再次將玫瑰伸到她面前。

「請妳收下我的玫瑰，伊馮娜。」

伊馮娜一臉著迷似的接過加斯帕德遞來的玫瑰。加斯帕德看著伊馮娜拿著玫瑰的樣子，微微笑了。在對方意識到那道笑容之前，加斯帕德已經調轉馬匹，離開了競技場。

平常很成熟的伊馮娜呆愣著，似乎也是第一次遇到這種狀況。這倒也是，她不只收到了告白，還是擂臺賽的玫瑰！每個女人都夢想著在擂臺賽收到勝利者的玫瑰，但通常能得到玫瑰的人只有貴族女性。平民女子在擂臺賽中獲得玫瑰，是完全想像不到的事。

思緒混亂的伊馮娜哭喪著臉，向比安卡問道：

「夫人……這時候該、該怎麼辦？加斯帕德爵士為什麼要給我玫瑰……」

「不是妳說『男人啊，本來就會想讓喜歡的女人對自己有好感，擺出一副意氣風發的樣子』嗎？」

「可、可是……」

「他也只是裝腔作勢一番而已，妳依照自己的心意去做不就好了嗎？」

CHAPTER✣09.

「那、那就是說……」

「加斯帕德爵士喜歡妳的意思啊。」

「這不可能啊……」

比安卡果斷的語氣似乎讓伊馮娜更加混亂而連連搖頭。比安卡看著伊馮娜的反應，暗自咂嘴。

回想起來，應該是因為上次伊馮娜和自己說扎卡里參加擂臺賽時表現得激動不已。在人前裝作默默聆聽，暗中擬定了這個計畫，真是外表長得跟熊一樣，其實很有心機的男人。

伊馮娜手中拿著玫瑰，不知道是不是還沒辦法相信這個事實，不斷摸著玫瑰花莖。但她只是抑制不了激動的情緒，顯得茫然，看起來並不排斥。那就好，比安卡輕笑，留給暈頭轉向的伊馮娜一些冷靜的時間。

枯燥的競技又過了幾回合，勝利者的玫瑰也紛紛找到主人。比安卡後來又得到了幾朵玫瑰，卻是比安卡根本沒見過面的騎士。有些人懷著對英雄扎卡里的敬重，將比安卡視為淑女，還有些人見她得到最多玫瑰，為了沾光而跟著送上。

如果說收到玫瑰是淑女們的驕傲，那送出玫瑰就是騎士們的驕傲。並非所有的騎士都有心儀的淑女，但還是想獻出玫瑰。他們自我陶醉地認為，這樣能讓自己英雄式的生平有個完美的句點。

而這些騎士獻出玫瑰的對象，是每個人都點頭認同的貴夫人。他們也不希望對方將這枝玫瑰的意義看得太重，只是像鸚鵡一樣，需要一個給予讚詞的淑女罷了。接連受到玫瑰洗禮的比安卡，就是被這些騎士選為今天的對象。

不過被選為這種對象的人不只比安卡。

從出生那一刻起就是所有騎士的淑女，今天獲得的玫瑰也與比安卡不相上下的女子，正是大王女奧黛莉．德．塞夫朗。

她那令人神魂顛倒的亮麗金色髮辮彷若高升的太陽，美麗的側臉宛如畫作般俐落流暢。即便早已過了婚期，但毫不在意的樣子能感受到她身為王族的格調與從容。

事實上，奧黛莉王女並非結不了婚，更像是不想結婚。她在宛如花朵盛開之前就以出眾的美貌，在十歲的年紀收到了數十封求婚信件。然而國王拒絕了所有與奧黛莉王女結婚的請求，傳聞這是因為奧黛莉王女和她早逝的母親，也就是大王后長得十分相似。

國王真心愛過大王后。也有傳聞指出，高堤耶王子很早就被內定為下一任國王，是因為他是大王后所生。

CHAPTER ✣ 09.

就這樣，奧黛莉王女已經二十八歲了，國王依然無意將奧黛莉王女嫁出去。若是奧黛莉王女主動要求結婚就算了，不過她依舊對結婚也沒有什麼意願的樣子。

奧黛莉王女確實是騎士們可以盡情頌揚、美麗又高貴的淑女。眾多騎士爭相將玫瑰獻給奧黛莉王女，而獻上玫瑰的這些人中，也不乏認為只有自己能抓住奧黛莉王女芳心的人。

當然，奧黛莉直到現在都未曾對誰露出微笑。

奧黛莉收到玫瑰時，其他女性都因為羨慕而讚嘆不已；比安卡獲得玫瑰時，卻都投以妒恨的目光。

承受敵意使人疲乏，比安卡疲倦地嘆一口氣。擂臺賽什麼時候會結束呢？比安卡心裡很想早點回去，但扎卡里的比賽是今日最大亮點，她沒辦法輕易離開。

就這樣，競賽一一結束後，觀眾席騷動起來。比安卡以為該輪到扎卡里上場了，身體向前探，然而掛在看臺上的家族盾牌並不屬於阿爾諾。

那是塞夫朗的家徽！

站在競技場一端的騎士穿著黑色盔甲，舉著刻有塞夫朗家徽的盾牌。即便臉部被頭盔的面罩遮住而看不出身分，但唯一不在座位上，又能參加擂臺賽的王族，答案呼之欲出。

出戰者是不在看臺上的二王子——雅各布。

雅各布志氣高昂地豎立長槍，馬輕輕吐氣、左右踱步，展現雅各布的從容。

當對手知道自己的對手是雅各布時，立刻以自己怎麼膽敢與王子大人比賽為由棄權。萬一不小心讓雅各布受重傷就完蛋了。別說國王會生氣，雅各布本人就不會輕易放過他。

對方在自己的家徽披上白布，這是戰敗的象徵。觀眾們似乎都能理解這個家族的做法，就算選擇棄權也沒有人喝倒采。

雅各布聳聳肩，似乎早就料到這個情形。或許要到半準決賽或者準決賽，才能進行一場像樣的比賽。反正他今天的目標不是和對方決一勝負。雅各布策馬走向觀眾席。

所有人都很好奇雅各布會將玫瑰獻給誰。雅各布和大王后生下的孩子關係不睦，這是大家都知道的事實，那就不會是大王女，也不是大王子妃。難道是三王后？還是誰？

雅各布的馬逕直走過王族的觀眾席，貴族女子們全部大口倒吸一口氣。這位英俊的二王子，金髮彷彿用蜂蜜製成，宛如藍寶石的青藍瞳孔閃閃發亮，還有燦爛的笑容，甚至還未婚！

CHAPTER ✣ 09.

假如能收到他的玫瑰該有多好？隨著雅各布逐步靠近，貴族女子們紛紛想著該不會是來找自己而浮躁不安。反觀比安卡的表情，凝重得可怕。她有一股不祥的預感。

而這種不祥的預感通常都很準。

果不其然，雅各布的馬停在比安卡面前，神聖的樣子乍看之下有如聖騎士，但比安卡深知潛藏在那副盔甲裡的是魔鬼。緊張不已的比安卡將身體牢牢黏在椅背上。

雅各布毫不在意比安卡的抗拒，從胸前拿出一塵不染的乾淨玫瑰遞給比安卡。

「很可惜沒能讓妳看到我的活躍表現……但妳會願意收下我的玫瑰嗎？阿爾諾伯爵夫人。」

從這聲阿爾諾伯爵夫人中能感受到諷刺。雅各布獻上的玫瑰，比目前比安卡收到的任何一朵都要乾淨美麗，然而比安卡的臉上明擺著不想接受。

『雅各布為什麼要送我玫瑰？他到底在盤算什麼……？』

看著比安卡猶豫不決，不敢輕易伸出手，雅各布笑瞇瞇地說：

「伯爵夫人，妳不是真的要拒絕我的玫瑰吧？」

如果比安卡不收下玫瑰，很有可能揹上藐視王族的罪名，同時還會傳出汙辱騎士名譽的醜聞。周圍的視線已經很銳利了，比安卡皺著眉頭。

比安卡緩緩伸出手，因為不想碰到雅各布，她的手顫抖著捏住花萼。

這無異於強迫他人收下，但比安卡接下了玫瑰。雅各布露出耀眼的微笑，彷彿自己贏了。雅各布嘴角的微笑如陽光般燦爛，但在比安卡的立場，只像她的人生蒙上了陰影一般恐怖。

早知道剛才就不捉弄伊馮娜了。剛才對不知所措的伊馮娜說過的話，現在反過來打在比安卡頭上。她不應該讓伊馮娜按照自己的心意做的。比安卡緊咬嘴唇，怒瞪著雅各布給的玫瑰，像要將它吞進肚子裡。

一直偷偷看向比安卡的周遭視線自從雅各布遞出玫瑰之後，變得更加露骨。不回頭看也能感覺到目光。

王室成員們也以充滿好奇的眼神看向比安卡。大王女奧黛莉的眼神閃閃發光，是比安卡的錯覺嗎？四面八方傳來的悄悄話，甚至傳到比安卡耳裡。

「雅各布王子大人究竟和伯爵夫人是什麼關係啊？」

「阿爾諾家是高堤耶王子大人的心腹吧，和雅各布王子的關係也不太好……」

「好奇怪，他們不會真的有什麼吧？」

「這樣想想，伯爵夫人在王室庭園裡也是……」

CHAPTER ✢ 09.

「你說什麼？那是真的嗎？」

「是啊，聽說還有親眼見到的人呢。而且啊……」

「天啊，怎麼可以這麼惡毒……」

不知道是故意或偶然，後面的話模糊破碎，聽不清楚，但不用聽似乎也知道內容。在這種情況下竊竊私語的內容再明顯不過了，一定是批評她失德的言論。而且她原本就知道外頭流傳著關於自己的謠言，使她能迅速做出判斷。

伊馮娜的臉漲得通紅，與其說是羞愧，更像是在強忍怒意。

比安卡咂嘴一聲。早知如此，方才加斯帕德對伊馮娜告白的時候，就讓她去找加斯帕德了。讓她在這麼好的日子聽到這些令人不悅的話，比安卡覺得有點抱歉。

「看來要好好看住丈夫才行呢。萬一走到那個女人面前被她迷住，那就丟臉了。」

「又不是什麼絕世美女……頭髮顏色也像樹皮一樣是黯淡無光的銅褐色，比起塞夫朗王室濃密鬈曲的金髮，根本不算什麼。只是因為穿著昂貴的衣服才值得一看。」

「那些昂貴的衣服也是用丈夫阿爾諾伯爵的錢買的吧……真是寡廉鮮恥的女人。」

嚼舌根的聲音接連不休。來到首都之後，比安卡幾乎都只關在房間裡，連她自己都不知道的閒話一件接一件被爆出來。早知道就先問問伊馮娜，自己身上究竟有什麼流言蜚語。到了這種程度，她已經因為抽離感，不覺得這些人在講自己了。

就在比安卡心情變得低落時，費爾南悄悄來到她身邊。應該說這是雪上加霜嗎？比安卡的心情變得更加糟糕。一段時間沒有看到他，還以為他徹底消失了而拋諸腦後，現在看見他鬼鬼祟祟地靠近，簡直是像惡夢一樣的混蛋。

「久仰雅各布王子大人的名聲，今天親眼見到真是令人驚嘆不已啊……看來如此英俊的王子大人也深深迷上夫人了呢。」

「……」

費爾南說著油腔滑調的話。費爾南滔滔不絕的同時，腦袋也不停環顧四周。蜜蜂原本就不會只採同一朵花的蜜。剛才比安卡離開座位時，費爾南徘徊尋找著其他獵物。沒過多久，他發現一位貴族女性。雖然是男爵夫人，但看起來出手闊綽，最重要的是，她是個開放的女人。

費爾南立刻黏在她身邊阿諛奉承，最後避開眾人耳目，和那位夫人享受一場濃烈的性愛。非常滿足的男爵夫人，對費爾南露出痴迷的神情。而費爾南的耳邊彷彿聽見銅錢掉進口袋裡的鏗鏘聲響。

CHAPTER ✣ 09.

男爵夫人表示要回去住處整理儀容，費爾南則為尋找下一位金主返回看臺。他知道自己必須趁年輕力壯的時候盡可能撈點好處。

就在費爾南整理好褲帶、重新走上看臺時，恰好見到雅各布將玫瑰獻給比安卡的瞬間。費爾南驚訝地瞪大眼睛。

『那個女的和二王子是那種關係嗎？』

雅各布亮麗俊俏的程度，即便是對自己的外貌十分有自信的費爾南也自嘆不如。倘若那個女人和雅各布是那種關係，她對費爾南的長相肯定不為所動。

『真奇怪……我明明聽說雅各布王子現在沒有特定的交往對象啊……』

以雅各布的個性，他不會因為對方是有夫之婦就選擇隱藏。正當費爾南感到詫異時，聽到旁邊貴族女性們的竊竊私語。大致就是比安卡的家族相當富有，揮霍丈夫的錢絕不手軟，只要是男的就能讓她無法自拔的放蕩女。

『雖然不知道是哪家的夫人，既然她這麼喜歡男人，當然也值得我好好糾纏一番！』

費爾南堆起滿臉笑容走向比安卡。打算成為比安卡的談心對象，在她因為周圍不友善的目光下敏感焦慮時，溫柔撫慰她的心，順利的話，連身體也一起。他能藉此獲得金錢報酬，沒有任何壞處。

注意力集中在男爵夫人身上，費爾南沒能及時掌握比安卡從什麼樣的男人手中收到玫瑰，思考著要如何擄獲她的心，小心地開口：

「這是當然的，夫人如此美麗！不好意思，我可以獻上一首歌頌夫人美貌的歌曲嗎？當然，那根本表現不出夫人千分之一的優雅……」

費爾南慎重的話當然沒什麼效果。對比安卡而言，那些只不過是飄過耳邊，毫無意義的一堆單詞而已。「表現不出來就別唱了」的反駁都湧上了比安卡的喉頭。他就像在身邊飛來飛去，嗡嗡作響的蒼蠅，又髒又煩。

二十一歲費爾南的誘惑，對比安卡來說相當輕浮。明知道她是有夫之婦還黏著不放，簡直不知羞恥又無禮。

現在回想起來，前世的他也是明知比安卡有丈夫還糾纏不休。當時比安卡還將費爾南的態度，當作是純情男子著迷於自己，不知如何是好的表現。回想起來真覺得可笑。

不管費爾南刻意接近的舉動是誰的指使，比安卡都不想再跟他說話。雖然她可以假裝被費爾南誘惑，進而挖取情報，但一看見他的臉，這股意志就消失殆盡了。這傢伙連雞肋都比不上，如同離不開腐肉的蒼蠅。

比安卡心中連連咒罵，不耐煩地趕走費爾南。

CHAPTER ✣ 09.

「再過不久就輪到我丈夫出賽了，你會害我分心。我對你的歌沒什麼興趣，去找其他需要你的人吧。」

「您的丈夫參加擂臺賽，您心中想必十分擔憂。我在您身邊，能讓您顫抖的心稍微平靜下來吧？和我一起祈禱您丈夫取得優勝吧。」

狠毒的話也無法打退費爾南。他厚著臉皮笑著，又走近比安卡。他令人作嘔的香水味十分刺鼻，比安卡打算再次狠狠駁斥他的廢話時，傳來此次賽事主持人的吶喊。

「感謝各位的耐心等候，今天擂臺賽的壓軸！是塞夫朗的英雄、鐵血伯爵、戰場之狼——扎卡里·德·阿爾諾伯爵！」

主持人吶喊完，扎卡里就騎著黑馬威風凜凜地登場。

在鎧甲的接縫處刻出淺薄的溝槽，再倒入融化的黃金形成花紋，銀色鎧甲在陽光照射下耀眼奪目，套在他身上的黑色外袍也隨風優雅飛揚。頭盔上裝飾著一個張大嘴巴的狼頭雕刻，彷彿隨時會騰躍而起，將對手咬碎。

扎卡里神聖的姿態有如參加聖戰，觀眾們屏住呼吸，關注著扎卡里的一舉一動。

費爾南來回看著扎卡里和比安卡。剛才比安卡說要輪到自己的丈夫出賽了，而擂臺賽的壓軸是阿爾諾伯爵。也就是說，比安卡的丈夫正是阿爾諾伯爵啊。費爾南不敢置信地張大了嘴。

和貴族夫人熱烈戀愛時，自然伴隨著危險。

即使宮廷戀愛在貴族們之間蔚為流行，妻子和丈夫都會找個情人，卻也不是每個人都願意跟上風潮。有些一本正經的丈夫，連妻子被騎士們稱讚都無法忍受，而他們自己和女人們縱情享受著情欲。

萬一他們發現自己的妻子和別的男人享樂，甚至會用棍棒毆打妻子，以及偷情的男人。

假如偷情的對象只是個吟遊詩人，武器會從棍棒換成斧頭。費爾南也曾遇過危險的時刻，直到現在都過著宛如走鋼索的人生。

但如果對方是阿爾諾伯爵，他不會像那些肚子長著肥肉的貴族亂揮斧頭，他的劍會精準地刺穿費爾南的喉嚨。費爾南在心中懇切地祈禱，希望阿爾諾伯爵不屬於那種「一本正經」的類型。

心生恐懼的費爾南步步往後退去，悄無聲息地遠離比安卡。同時又不想拋下討好比安卡的計謀，勉強維持著笑容。

看看那愚蠢的模樣！比安卡訕笑。從費爾南明顯表現出來的心思看來，他似乎

CHAPTER ✣ 09.

不知道比安卡的身分，那大概不是受到某人指使而有計畫性地來接近她。

即便如此，也不代表可以鬆一口氣，比安卡反而覺得更煩躁。難道他認為比安卡是不受人指使也能輕鬆釣到的女人嗎？

前世費爾南是明目張膽地踏入阿爾諾領地引誘比安卡，沒想到他竟然會怕扎卡里。不過這樣反而比較好。比安卡勾起嘴唇，希望透過這個機會，告訴他想都不要想對自己耍花招。

被自己殷勤獻媚的女人當面譏笑，顏面無光的費爾南滿臉通紅，正想開口辯解時比賽開始，瞬間被響徹整個空間的馬蹄聲及人們的歡呼聲埋沒，什麼也說不出口。

＊ ＊ ＊

扎卡里站在帳篷入口許久，直到比安卡的背影消失。如果沒有比安卡替他綁在手臂上的手絹，他說不定會以為比安卡的來訪只是一場幻想。剛才發生的事就如同作夢一樣，如此難以相信。

當扎卡里這樣茫然地回憶不久前的事時，一位侍從小心地提醒他。

「伯爵大人，您還剩下一點準備……現在必須收尾了。」

「……好。」

猛然回神的扎卡里這才收回視線，返回帳篷內，仔細檢查盔甲的縫處。騎士全副武裝時，身上的盔甲及頭盔相當於一袋小麥的重量。這重量絕對不輕，但對扛了一輩子的扎卡里而言是稀鬆平常。

全副武裝的扎卡里，緩緩戴上侍從遞來的頭盔，光線從細長的縫隙中慢慢透進來。

被遮蔽的視線、稀薄的空氣、有限的外部刺激，扎卡里在把自己與外界隔離的鎧甲中深深吸一口氣。他漆黑的瞳孔就像在黑暗中屏息以待的狼，閃著光芒。

扎卡里本來很少出席擂臺賽，因為他認為這不值得他出賽。光是往返戰場之間就很忙了，只是這次是和聯姻對象卡斯提亞王國的微妙較勁，塞夫朗國王也因此認為擂臺賽的優勝不能被對方搶走，特地拜託扎卡里參賽。

國王的請求不好拒絕，剛好比安卡也一起來到首都。扎卡里不太了解社交圈，但也明白情人或丈夫參與擂臺賽並贈予玫瑰，是非常令人羨慕的事。假如他的優勝能換來其他人對比安卡友好相待，無論要參加幾次擂臺賽他都願意，因此扎卡里爽快地答應了。

CHAPTER ✢ 09.

那時扎卡里都還保持著平常心，沒有看得很重，就像處理一件上級吩咐給自己的工作。當然，他自始至終都與「鬆懈」這種奢侈的狀態沾不上邊，即便是擂臺賽也一樣。從一開始就沒有敗北的想法與理由，扎卡里的優勝幾乎已成定局。

比安卡其實沒有必要特地來觀賽。參與擂臺賽完全是扎卡里的選擇，而他只是要默默完成自己的選擇。

但比安卡卻來找扎卡里，為了看他比賽辛苦地走到競技場，還親自來訪，將手絹送給扎卡里。從未想過會收到手絹的扎卡里，無法相信眼前的情況。那條手絹看起來就像比安卡一樣白潔柔弱。

比安卡不是說過，那甚至是她親手編製的嗎？

比安卡願意為扎卡里做如此麻煩的事，讓他不知所措。他的內心焦躁，無論如何都想將這洶湧的情感傳達給比安卡，即便已經對她發誓會將勝利獻給她，依舊不滿足的扎卡里依然握緊了拳頭。

此刻扎卡里渾身充滿絕對要優勝的好勝心，是比面臨任何一場艱難的戰爭還強烈的衝動。

「我該感謝要求我參與擂臺賽的國王呢。」

如果沒有參加擂臺賽，比安卡就不會送他手絹才對。扎卡里揚起隱藏在頭盔下發顫的嘴角，彭湃的心臟就快爆炸了，心情在危險的水位激盪，彷彿只要有一點刺激就會直接翻覆。扎卡里繃緊神經，找回注意力。

「伯爵大人，現在輪到您上場了。」

「好。」

扎卡里走出帳篷，身邊跟著服侍他的五、六名隨從，其中兩名拿著扎卡里的黑檀木長槍，看起來非常沉重，兩個人拿著還是腳步搖晃不穩。

黑色戰馬吐著鼻息，扎卡里朝馬背一躍而上，直視著遠方的競技場。只是想像在那個地方等待著自己的比安卡，扎卡里就感到口乾舌燥。

『比安卡究竟會用什麼表情等著我……這樣想想，她一直很擔心我會受傷，現在也很不安嗎？會不會將身體往前探出來，露出不安的眼神……還是會裝作一臉不在乎的樣子，就像平常那樣？』

後者比較符合比安卡的個性。扎卡里的嘴邊浮現一抹笑意，意外的笑容連他本人都沒意識到，在頭盔的遮掩下也沒人發覺。

扎卡里騎著馬來到競技場的一端。上一場比賽的參賽者是雅各布，其實聽到雅各布參加擂臺賽一事，扎卡里有點意外。雅各布的武藝再怎麼出眾，也沒辦法和扎卡里媲美。也就是說，雅各布必然會戰敗。「那位」自尊心極高的王子竟然來參加

CHAPTER ✣ 09.

這場可能會輸的比賽，真不敢相信。

『他有什麼陰謀？』

然而扎卡里看不出雅各布的陰謀。就在扎卡里以戒備的目光瞪著雅各布時，他的對手選擇棄權。看來那位騎士並未具有敢與王室一較高下的膽量。勝利的雅各布策馬走向觀眾席。

而他贈送玫瑰的對象……

扎卡里皺起眉，髮梢也豎起。雅各布的馬停在比安卡面前。他和比安卡交談了好一陣子，那朵玫瑰才遞到比安卡手中。

扎卡里銳利的視力捕捉到比安卡很是為難的表情，但也沒辦法成為安慰。雅各布對比安卡死纏爛打已經不是第一次了。扎卡里渾身發涼，彷彿全身的血液一口氣流光了。

雅各布將馬掉頭，離開競技場時對上扎卡里的視線。雅各布並未蓋上頭盔面罩，因此扎卡里能夠清晰地看到雅各布臉上的情緒。

喜悅、優越，以及「你有本事就來阻止我」的挑釁。

他聳聳肩，發出呵呵低笑，朝扎卡里的反方向騎馬離去。扎卡里不發一語，瞪著雅各布遠離的背影。他的眼神中充斥著敵意及憤怒，與剛才送比安卡回觀眾席時不同，沒有一絲善意。

但事情並未在這裡結束。雅各布消失後，扎卡里習慣性將視線轉向比安卡身上，發現有個吟遊詩人在比安卡身邊打轉。扎卡里在頭盔裡的臉色難看到難以言喻。

「那又是怎樣？」

油膩的外表。那男人的臉色泛紅，看著比安卡的臉色，意圖十分明顯。宛如向母鳥求偶的公鳥，朝妻子誇張示好的男人扎卡里怎麼可能看得順眼。老實說，扎卡里沒有翻白眼才奇怪。更何況雅各布才剛在扎卡里的心裡投下一顆大火種，他的怒火一把燃起。

扎卡里並未誤會比安卡與這些男人之間的關係。雖然他這個丈夫講這種話聽起來像在挑毛病，但老實說，比安卡不是善於隱藏情緒的人，尤其是關乎喜好。親身經歷過的扎卡里比誰都清楚，如果嫌惡對方，比安卡連虛偽的態度都懶得假裝，對於目前遇見的男人，比安卡的表情明確透露著排斥。

但扎卡里不會因為這樣，就不對圍繞在比安卡周遭的蒼蠅們產生反感。而且那些蒼蠅還一隻兩隻地變多！

雖然此刻對那些眼前的蒼蠅們感到心煩，但真正讓扎卡里不放心的是遙遠的

CHAPTER✢09.

未來。現在比安卡對男人們不感興趣，因此排斥他們，卻這不知道會持續到什麼時候。萬一日後，比安卡遇見比扎卡里這個名義上的丈夫更符合喜好，可以談心的男人，想跟他談戀愛的話……

扎卡里感到一陣窒息，刻意停下想像。比安卡送的手絹所帶來的自信心，彷彿過於膨脹的泡泡瞬間破裂。

「感謝各位的耐心等候，今天擂臺賽的壓軸！是塞夫朗的英雄、鐵血伯爵、戰場之狼——扎卡里．德．阿爾諾伯爵！」

主持人無從得知扎卡里的情緒低落，大聲介紹扎卡里。觀眾們屏息以待，注意力都集中在扎卡里身上。扎卡里在情緒劇烈起伏、上下浮動時出現在大眾面前，即便身上穿著從四面八方包覆住自己的堅固鎧甲，他仍覺得自己成了小丑。

在無數道視線宛如遮蔽日光的漆黑箭雨射來時，比安卡堅定的目光彷彿點上烈火的弩箭，如同傳遞上天旨意的神之使者擊中扎卡里。比安卡似乎希望扎卡里拯救自己離開那個男人，用悽慘可憐的眼神望著他……

扎卡里的情緒頓時激動沸騰，很想不顧什麼騎士精神，立刻將面前這位騎士打倒在地後奔向比安卡，但他努力保持鎮定，調整呼吸。

扎卡里伸出手。追隨在身邊數十年的侍從們像肚子裡的蛔蟲，適時將長槍放到扎卡里手裡。需要兩位侍從才好不容易搬動的長槍，來到扎卡里手中卻如同樹枝，看起來十分輕盈。

扎卡里延續在戰場上鼓舞士氣的習慣，朝天空高舉起長槍。觀眾們齊聲歡呼，扎卡里的對手，卡斯提亞騎士因為緊張及畏懼，嚥下一口口水。但他不想放棄這個能夠與「那位」阿爾諾爵士交手的光榮，騎士下定決心，緊抓住長槍，牢牢收在腰側。

那是一種無可撼動的安定感。長槍、扎卡里及他的馬，就像渾然天成的組合。參與擂臺賽的兩位騎士，騎著馬慢慢來到淨空區的兩側。旗手透過眼神彼此示意，一、二……就是現在！

旗幟揮落的瞬間，馬蹄一蹬地面。兩位騎士猛然衝向前，乍看之下帶著一股不知道有沒有看向前方的魯莽。一口氣跑完三百公尺的距離，兩位參賽者的長槍互相交錯。

喀嚓！噹——

木頭斷裂的喀嚓聲響聽起來格外驚悚。勝利者當然是扎卡里，他的力氣不知道多強，不僅一擊將對方的盾牌擊碎，那位騎士也直接掉上地面。

壓倒性的實力差異讓場內鴉雀無聲。但很快，觀眾們開始高喊著阿爾諾。或許

CHAPTER ✣ 09.

是完美贏過卡斯提亞的騎士，十分高興，年老的國王也忘記年紀，跳起來鼓掌，高堤耶也露出滿意的笑容。

在震耳欲聾的喝采中，扎卡里冷靜地騎著馬，策馬走向他要贈予胸前玫瑰的唯一對象。保持風度的舉止看似淡然，甚至有點禁欲的感覺，讓貴夫人們充滿悸動，但實際上扎卡里的腦袋裡一片空白。

「辛苦了。」

比安卡欣然迎接扎卡里。他掀開頭盔的面罩，原本從頭盔縫隙看不清的比安卡臉龐變得更清晰。扎卡里下意識地綳住嘴角，壓抑所有情緒，以冷靜生硬的神色鎖在心裡，扎卡里就是這樣控制表情的。

「這不算什麼。」

剛才還在比安卡旁邊搖著尾巴的吟遊詩人不知去向。但這也沒辦法讓扎卡里的心情好轉，因為比安卡懷中捧著許多玫瑰，就像一把花束。

即便扎卡里知道大部分的花都是表達敬意，沒有其他意義，但嫉妒高漲沸騰。扎卡里用尖銳的眼神掃過比安卡手中的玫瑰。如果知道哪一枝是來自雅各布的，他會立刻把它丟在地上。

扎卡里瞥了一眼掛在自己胸口的玫瑰。他要送給比安卡的玫瑰和其他人給的沒有什麼區別。

只有這個還不夠，扎卡里想成為比安卡心中的唯一。就算他是比安卡的丈夫，可說是她的唯一，但那是另一回事……

扎卡里對自己的地位沒有信心，始終感到不安。不確定的他想要一個看得見的證據，某個與眾不同又特別的東西。普通的玫瑰還不夠，他一定要獻上象徵冠軍的黃金玫瑰，才能做出自己和其他人的差別。

當然，就算他決定要送出黃金玫瑰，也不代表他願意繼續看著其他人獻花給比安卡。無論是比安卡的兄長還是自己的部下，全都不允許。他知道這是貪欲，但能怎麼辦呢？俗話說很晚才當小偷的人不知道天亮，一旦欲望開始蠢蠢欲動就很難平息。扎卡里咂嘴，接著說道：

「妳暫時不要來看擂臺賽了。」

「什麼？」

「那些在妳身邊飛來飛去的蒼蠅讓我很在意。反正最後一天我會獲得優勝，如果真的想來看，那天再來就好了。」

這句話若是出自別人口中，應該會被指責為虛張聲勢，但那是扎卡里。他不容反駁的口吻，讓比安卡露出微笑。

CHAPTER ✢ 09.

「那是什麼意思？」

在微微彎起的眼中藏著泛著綠蔭的眼睛，讓扎卡里大口倒抽一口氣。他的手不停顫抖，想把盾牌與鎧甲都拋在地上，緊緊擁抱比安卡的衝動使他動搖。扎卡里竭力壓制住這股衝動，指尖的顫動卻無法控制。扎卡里的手抓空了好幾次，才終於拿起胸口的玫瑰。

「……是我的真心，將我的勝利榮耀獻給妳。」

扎卡里遞出玫瑰的手顫抖不已，不知比安卡是否有發現他的膽怯，但他現在沒有餘力在意這件事。比安卡白皙的手指緩緩伸向扎卡里，宛如在風中飛揚的手絹，比安卡的手翩然靠近，抽走扎卡里手中的玫瑰。

「我會照你說的去做。」

比安卡笑得比剛才更燦爛。她平常總是睜大眼睛瞪著他，或是垂下睫毛躲避他的視線，本以為永遠都沒辦法在比安卡臉上看見的笑容，如今見到竟比手中的玫瑰更為艷麗，彷若灑落的陽光般溫暖，比舌尖上的蜂蜜更甜美。

啊，為了看到這抹笑容，無論幾次，我都會獲勝。扎卡里的決心透出冰冷銳利的光芒，如同淬鍊過的利刃。但他看著比安卡的表情是截然不同的溫柔笑意。

＊　＊　＊

預賽一直延續到第二天，阿爾諾家的參賽者都在首日完成了預賽，所以比安卡一開始就不打算在第二天去觀賽。

第三天要從通過預賽的騎士中選出進入準決賽的人。比安卡遵照扎卡里的囑咐，在住處打發時間。

比安卡悠閒地織著蕾絲。一開始只準備獻給大王女、王子妃及王后，但之前忽略的二王女、三王女也令人掛心。即使年紀小也是王女，更是現任王后僅有的子嗣。比安卡不忍心將她們排除在外，開始利用空檔編織手絹，馬上就要完成了。

伊馮娜在比安卡的身邊照顧她，平常她總是一動也不動，和家具沒兩樣，今天卻特別心神不寧。理由再明顯不過，比安卡的視線沒離開蕾絲，若無其事地問道：

「如果這麼在意就去看看吧？」

「夫人在這裡，我怎麼能去呢。」

「又沒關係，我只會一直待在房裡……妳好像很好奇加斯帕德爵士的比賽怎麼樣了。」

CHAPTER ✢ 09.

「啊，我不好奇，我喜歡跟夫人待在一起。」

伊馮娜固執地搖搖頭。嘴上說不好奇，目光卻悄悄飄向房門，一副坐立難安的表現。比安卡噗哧一笑，沒有繼續逼問，反而假裝不知情，順著伊馮娜的話接下去。

「是嗎？這麼說來，妳給他答案了嗎？」

「答、答案？什麼答案？」

伊馮娜的眼神明顯飄忽不定，連說話都變得結巴，看來別說是答案了，根本是遇到加斯帕德就逃跑了。看著伊馮娜慌亂失常的反應，比安卡輕輕笑著，將埋頭編織的蕾絲放在腿上。

比安卡直望向伊馮娜，讓她更加倉皇失措，表情不斷變化。捉弄伊馮娜的方法有無數種，但比安卡不想這麼做。畢竟加斯帕德把玫瑰送給伊馮娜的時候，比安卡捉弄她的話就跟迴力鏢一樣飛回自己身上。比安卡適當地鼓勵，開導伊馮娜。

「加斯帕德爵士這樣的人，當然是個不錯的男人……但妳沒有必要被牽著鼻子走，就按照自己的心意去做吧，我當妳的靠山。」

「夫人……」

伊馮娜的語尾含糊，充滿感激，眼睛炯炯發亮，假如房間漆黑昏暗，她的目光說不定就像飄在空中的燈火。

比安卡雖然這樣說，但伊馮娜似乎不討厭加斯帕德，只是從沒想過這種事會發生在自己身上，感到混亂。

仔細想想，加斯帕德一直都很照顧伊馮娜。起初比安卡覺得他連侍女都善待的態度很有騎士精神，但這份親切竟是出自於他對伊馮娜的好感。

加斯帕德出身騎士世家，也喜歡伊馮娜，是個不錯的結婚對象。應該會吵吵鬧鬧地度過順遂的生活吧。加斯帕德沉默寡言，話一旦說出口就不會反悔，是個性相當執著的男人。這樣的他會當眾告白，表示他真的喜歡伊馮娜。

只是他身為扎卡里的親信，缺點就是會經常因為戰爭而離家。贊成伊馮娜嫁給不知道什麼時候會死在沙場的男人也有點不妥……

這個瞬間，比安卡的腦袋嗡嗡作響，彷彿被大鐘蓋住頭後猛力敲打，腦袋震動，耳邊嗡嗡作響，臉色也一片鐵青。

比安卡的目標是活下去，繼續過著這富裕的生活。在她的目標中，不存在這些身邊的人。父親、兄長、伊馮娜、加斯帕德、索沃爾……還有丈夫，僅有她自己的安危。

從上一世重生回來的她，心裡只剩下狠毒，認為只要自己得以存活就夠了。但

CHAPTER ✣ 09.

隨著時間流逝，狠毒與復仇之心逐漸消失，眼前的安逸讓她失去敏銳，變得遲鈍。曾經只沉浸在自己世界裡的她環顧四周，人們已經一個一個走進她的領域中。

比安卡非常滿意現在的生活，扎卡里不會對她說不想聽的話、伊馮娜無微不至地照顧她。之前與父親決裂的關係也修復了，可以做任何想做的事，一切都完美無缺……

但她的夫妻生活早已定好了結局。

扎卡里教她騎馬的瞬間、支撐著她搖晃身軀的結實手臂、直望著她的漆黑瞳孔、獻上玫瑰時顫抖的手……所有的一切應聲破碎。

曾經她認定只要懷上繼承人，即使丈夫死亡也無所謂。但她與扎卡里之間的空白，卻流進一股名叫回憶的蠟液，填滿所有縫隙。

不知從什麼時候開始，比安卡已經下意識將對於未來的規畫拋諸腦後。她再也無法輕易說出「扎卡里死了也沒關係」這種話，甚至光是想到都覺得害怕。

想擺脫這種恐懼的方法只有兩種——立刻想辦法斬斷對扎卡里的情感，不然就是……

「夫人，您沒事吧？」

伊馮娜憂心忡忡地看著臉色突然發白又沉默不語的比安卡。為了讓混亂的頭腦冷靜下來，比安卡想找藉口支開伊馮娜。雖然她泰然自若地微笑，頸部卻流下一滴冷汗。

「今天的比賽現在應該差不多結束了。伊馮娜，妳能幫我去問問比賽的結果如何嗎？」

「……是！我會盡快去打聽仔細的！」

伊馮娜喜形於色，猛然從座位上站起。伯爵大人想必已經過關了，但在人才濟濟的騎士之中，加斯帕德是否能晉級準決賽還是未知數。

雖然伊馮娜表示加斯帕德有沒有晉級都和自己沒關係，卻還是按耐不住好奇心。伊馮娜加快腳步，一溜煙就離開了房間。

難掩興奮的伊馮娜漲紅的臉上還留有稚氣。伊馮娜的反應，也讓低落的比安卡心情瞬間好了一些。

也對，她也是年輕的二十二歲……比安卡頂著十七歲的外表露出苦笑，一時直盯著伊馮娜離去的房門。伊馮娜聰明伶俐，會處理好的。

比安卡自嘲，想起自己二十二歲的時候。當時愚昧的她被費爾南迷倒，相信對方是自己的真愛。

她長嘆一口氣。比安卡曾因費爾南的事決定不再相信愛情，但她後來發現，僅

CHAPTER ✢ 09.

靠不相信愛情對保持決心沒有幫助。所謂的情感就是這麼可怕。

比安卡以為扎卡里的木訥可以讓兩人維持公事公辦的距離，但這只是她過去誤判了。扎卡里的木訥及和善，像細雨一般浸透她的心。

「不過還來得及，我還沒有愛上扎卡里。只是和他變得熟悉而已……沒錯，所以我……」

比安卡不停喃喃自語，像在為自己洗腦，但她勸說自己的語氣顯得無力。

正當比安卡努力調整心態時，伊馮娜沒過多久就回來了。由於速度太快，比安卡的驚訝完全表現在臉上。

「夫人，我回來了。」

「怎麼這麼快……索沃爾爵士。」

「我們在前面遇到，聽說夫人想知道擂臺賽的結果，所以我就直接跟來囉。比起別人轉述，親耳聽我說會更好吧？」

跟在伊馮娜後面進來的索沃爾嬉笑著說，他舉止輕浮到有點吵鬧，比安卡每次和他講話都筋疲力盡。

以當下的狀況來說，他不是受歡迎的客人，但換個角度想，用這種方式轉換心情更好。反正和扎卡里之間的未來，也不是稍加思索就能馬上得到答案的問題。

更何況對擂臺賽的結果翹首以盼的伊馮娜也在啊。比安卡放鬆下來，直白地說：

「好吧，那你說說看。」

「戰況進行得非常精彩。哇……卡斯提亞的騎士們也不是泛泛之輩。老實說，我們總是和奔走於山脊中的亞拉岡士兵為敵，完全不知道這些漂洋過海前來的傢伙，能在馬背上發揮多少實力，結果令人瞠目結舌。」

索沃爾長篇大，說個不停。比安卡很想打斷他，叫他直接說結果就好，但伊馮娜用滿懷期待的眼神在一旁聽著，實在沒辦法那麼做。

「咳……布蘭克福特公子也是戰無不勝，可惜晉升八強後遇上伯爵大人。不過公子用盡全力了，再過幾年，一定能成為家喻戶曉的騎士。」

比安卡在心裡咋舌，其實她根本沒想過若阿尚能進入八強。即便因為遇上扎卡里而止步於此，但名列八強也實力不容小覷。

講述各種細節許久的索沃爾瞥了一眼伊馮娜。加斯帕德向伊馮娜告白的事情，早就在阿爾諾伯爵一行人之間傳開。索沃爾狡猾地笑著對伊馮娜搭話。

「侍女小姐一直在意我說的話……也差不多該講講加斯帕德的事了吧。妳一定很好奇加斯帕德的結果怎麼樣吧？」

CHAPTER ✢ 09.

「才、才沒有呢。」

伊馮娜雖然否認，泛紅的臉頰卻降低了可信度。索沃爾用比剛才更浮誇的語調描述加斯帕德的比賽。

「幸好！加斯帕德也進入四強賽了。其實我們三位副將之中，最擅長馬術競技的人就是加斯帕德，這也算是理所當然。他那身材加速向前衝的話，唉……被一群水牛追著跑看起來還比較好吧。」

聽索沃爾誇張吵鬧地說完，伊馮娜悄悄鬆了口氣。不過每個人都看著伊馮娜，她為加斯帕德的勝利感到欣慰的反應完全被看在眼裡。比安卡輕笑後，索沃爾更氣勢洶洶地開始敘述。

「可是羅貝爾真的很可惜……他遇上了雅各布王子。當然以他的自尊心來說不會選擇棄權，但很不幸的是他連續衝刺了兩個回合，而雅各布王子每場都不戰而勝，體力很充足。唉，坦白說，人們躲開糞便是因為可怕嗎？是因為髒啊。每個遇上二王子的人都直接舉白旗棄權，只有羅貝爾那傢伙孤軍奮戰……」

索沃爾聳聳肩，總而言之就是輸了。雖然羅貝爾有時會對比安卡不好，但比起雅各布，自然是更加親近的自己人，如果是羅貝爾贏得勝利就好了。不過競賽結果已經不會改變。

「二王子與伯爵大人的比賽，當然是伯爵大人會贏，夫人不需要擔心。擂臺賽的冠軍一定是伯爵大人，對吧？」

比安卡也點點頭。她不是在擔心扎卡里是否能獲勝，但既然索沃爾叫自己不要擔心，她也不想反駁。

比安卡發現索沃爾嘮嘮叨叨說這麼久，都沒有提到他自己的結果。一直受到索沃爾的嘮叨折磨的比安卡故意反問：

「所以，索沃爾爵士你自己呢？」

「唉，您一定要在我的傷口上撒鹽嗎？我雖然也是百戰百勝……還是輸給剛才向您提到的卡斯提亞騎士了。那個，他就像什麼礁岩一樣堅硬啊，明天他會對上加斯帕德，應該是值得一看的比賽。」

索沃爾垂下眼眸，用宏亮的嗓音為自己的落敗辯解。比安卡沒有繼續追問，她對索沃爾的戰敗沒有打破砂鍋問到底的好奇心，而且也累了。

比安卡的身體無力癱軟，只是聽他說話就十分累人。比安卡無法繼續忍受湧上的疲勞感，緩緩眨著眼睛。

伊馮娜敏銳地察覺到比安卡的狀態，雖然很在意明天那個像礁岩一樣，要和加斯帕德對戰的卡斯提亞騎士，但夫人的健康是最重要的。伊馮娜打斷索沃爾的話，擺臉色對他示意。

「唉呀，這樣說來，如果明天要去觀賞伯爵大人出賽的話，夫人就必須早點休息。索沃爾爵士，謝謝你告訴我們這些。」

「不會，明天我會代替加斯帕德擔任夫人的護衛，那就明天見了。」

「你不用刻意過來。」

比安卡厭煩地搖搖頭，但索沃爾用堅決的聲音回答，完全不像平常油腔滑調的態度。

「這是伯爵大人的命令。一得知我從八強賽淘汰，大人就立刻囑咐我了。」

如果是扎卡里的命令就沒辦法了，比安卡點頭說「知道了」。索沃爾迅速離開比安卡的房間，伊馮娜則為了準備比安卡的就寢事宜而忙了一陣子。

比安卡在這期間靜靜靠在窗邊，額頭抵在石壁上。也許是正值春天，即便到了晚上，風也很暖。比安卡輕輕閉上眼睛，呼吸外面的空氣。

雖然很累，思緒卻很清晰。倒不如忙著各種雜事，什麼事情都想不起來。比安卡努力想拋開這些煩惱，比平常更早就寢，但她沒辦法輕易入睡，在床上輾轉反側。

而比安卡好不容易睡著時，惡夢彷彿期待許久般找上門。

扎卡里在戰爭中胸口中箭而死的惡夢。

＊＊＊

擂臺賽的最後一天場面最為華麗。樂隊的人數變成兩倍，觀眾也非常多，隔開觀眾與相關人員的木頭柵欄甚至搖搖欲墜。

今天僅有四位騎士可以享受這光榮的瞬間。其中有三位來自塞夫朗，讓年事已高的國王相當高興。面對塞夫朗國王毫無掩飾的喜悅，卡斯提亞使節團輕咳幾聲。

卡斯提亞使節團對他們唯一的希望投以殷切的眼神。卡斯提亞使節團也深知扎卡里的威名——抵禦過亞拉岡王國多次侵略的年輕英雄！雖然他們不敢妄想要求騎士從他手中搶走冠軍，但至少要晉升決賽和扎卡里以長槍相向，才不損卡斯提亞的顏面。

還不如讓他對戰雅各布王子，還能以尊重塞夫朗王室的名義棄權。但事與願違，因此他們現在的立場相當為難。至少要贏得這一回合才行，卡斯提亞使節團的每位成員都在心中呼喚著神，祈求上帝庇佑。

沒有睡好的比安卡坐在觀眾席，臉色比平常更蒼白。索沃爾站在她身後盯著，

CHAPTER ✣ 09.

費爾南不敢隨便接近她，比安卡也因此得以稍微鬆一口氣。假如用這種悽慘的心情看到費爾南，她說不定真的會闖出什麼大禍。

卡斯提亞騎士與加斯帕德的比賽正式開始。如果說加斯帕德就像矗立的高山，卡斯提亞騎士就像索沃爾形容的一樣，如礁岩般黝黑巨大，與其說是騎士，不如說是水手。

可以確定的是兩位的身材都十分魁梧。

旗手一放下旗幟，兩位騎士立刻全速前進。比起馬術競技，那股魄力更像在觀賞鬥牛比賽。

喀嚓！噹——

發生了激烈衝突，卻沒能一舉定下勝負。卡斯提亞騎士的長槍刀尖刺上加斯帕德脖子與腹部之間，獲得一分。如果要分出勝敗，必須再獲得兩分。

第二次交鋒，加斯帕德的長槍擊中卡斯提亞騎士的頭盔，這次是加斯帕德獲得兩分！勢均力敵。第三次對峙的瞬間，不敢看的伊馮娜緊緊閉上眼睛。

最終贏得勝利的是卡斯提亞騎士。他的長槍準確地破壞了加斯帕德的盾牌。卡斯提亞使節團甚至忘記自己是來參加他國舉辦的擂臺賽，高舉雙手、大聲歡呼。

就在卡斯提亞騎士為了贈送玫瑰給淑女而靠近觀眾席時，加斯帕德瞥了一眼比安卡與伊馮娜所在的方向，騎著馬默默離開。

態度堅決，沒有絲毫猶豫，反而讓伊馮娜忐忑不安，一臉為加斯帕德擔心得要命的表情。但或許是擔心比安卡，伊馮娜還是一動也不動地守在她身邊。看到這樣的情景，比安卡感到惋惜，拉過伊馮娜的手臂悄聲說道：

「去吧，伊馮娜。」

「可是……」

「這是命令。」

比安卡的語氣堅決，伊馮娜也因為命令而不能再固執，點了點頭，走向加斯帕德休息的帳篷。比安卡覺得自己知道他們會談些什麼。

索沃爾面露驚訝，似乎沒料到比安卡會這樣做。

「夫人還要擔心侍女的愛情，真是公務繁忙啊。」

「……能幫她處理的時候就多幫一點。」

比安卡鬱悶地低喃。替加斯帕德與伊馮娜牽線，還不知道究竟是不是對的選擇。除此之外，昨天徹夜煩惱的問題再次浮上水面。

比安卡用手指輕輕捏了捏自己的臉頰。扎卡里馬上就要出賽了，不能一直苦惱下去，至少要在他的勝利面前笑著才行。比安卡硬是用手拉起嘴脣，在其他人眼裡都是不自然的笑容，但比安卡已經盡力了。

＊＊＊

卡斯提亞騎士逐步靠近觀眾席，所有觀眾都在注意他會將玫瑰獻給誰。

一路獲勝到現在，他都不曾將玫瑰獻出去。這也是理所當然，畢竟他沒有值得獻花的對象。

卡斯提亞使節團中沒有女性，唯一的淑女卡斯提亞公主也因為年幼及健康因素並未出席擂臺賽。身為卡斯提亞騎士，如果將玫瑰獻給塞夫朗貴族女子也很奇怪。

究竟是誰……？所有人疑惑時，卡斯提亞騎士走向觀眾席中央。

「在此將玫瑰獻給奧黛莉王女大人。」

他以木訥的聲音吐出這句話，就算是騎士，獻上玫瑰的態度也太過生硬，沒辦法區別他究竟是真心把奧黛莉王女當作淑女而獻上玫瑰，還是為了維持與塞夫朗的友好關係，當作政治表演的一環。

說到玫瑰，塞夫朗王國內沒有人比奧黛莉王女收到更多。即使對方是他國的騎士，王女依然不怎麼在意的從容姿態收下那朵花。

觀眾們都心跳加速地看著他們，但兩位真正的當事者卻用無比冷淡的態度遞送、收取玫瑰，原本令人激動興奮的氣氛一下子就冷卻了。

遠處，在競技場外看著加斯帕德與卡斯提亞騎士對戰的雅各布，訕笑著喃喃自語。

「阿貝爾都訂婚了，要是能把大姊也嫁出去就好了。也是啦，那種厚臉皮又懶散的女人，怎麼可能輕易嫁出去呢。」

國王非常珍惜和第一任王后長得很像的奧黛莉王女。即使有很多人說，以美貌聞名的王女不用攜帶嫁妝，但國王依然不考慮將她嫁出去。就這樣，奧黛莉王女早就過了適婚年齡，卻還是跟在國王身邊生活，甚至大家都私下議論國王是不是要把王女放在身邊直到逝世。

而且大王子高堤耶也很珍惜唯一的同母骨肉，就算高堤耶王子成為國王，情況也不會改變。奧黛莉王女還是會終生未婚，一直住在塞夫朗。

但對雅各布而言，事情就不一樣了。

假如自己能登上王位……雅各布的嘴角斜斜揚起。那個以為自己是世界上最美麗的人，總是趾高氣昂的大姊是雅各布的眼中釘。國王也是因為第一任王后，才毫不重新考慮，將高堤耶定為繼任國王，雅各布自然不可能喜歡和第一任王后極為

CHAPTER ✣ 09.

相似的奧黛莉。

就算要附上昂貴的嫁妝，也要把她賣出去。最好是個門當戶不對，極為卑微的地方。一想到驕傲的奧黛莉王女屈辱地怒視自己，雅各布就覺得爽快。

雖然有可能在這次比賽中輸給扎卡里，讓這種好心情一落千丈，不過參與競賽前，他早就充分考慮過這種局面了。雅各布悄悄瞥向旁邊的扎卡里。

無論卡斯提亞騎士做出什麼突發行為，扎卡里的視線都固定在自己的妻子身上。總是面無表情的他，臉上浮現鮮明的渴望。他珍視妻子到這種程度啊……

雅各布喜歡比安卡是一回事，成功誘惑比安卡並把她壓在身下的時候，扎卡里的反應也值得期待。雅各布的嘴角拉起比剛才更深的弧線。

然而扎卡里沒空理會雅各布的詭計，因為他正忙著觀察比安卡和索沃爾在做什麼。

為了趕走上次在比安卡身邊徘徊，像吟遊詩人之類的蒼蠅，需要一個護衛。但原本的護衛加斯帕德晉級準決賽而分身乏術，比安卡又不太喜歡羅貝爾，那就只剩下索沃爾。

可是他又擔心索沃爾和比安卡之間的關係。畢竟比安卡和索沃爾在他不知情的時候變得很親近，讓他有點吃醋。

現在也是如此。索沃爾不斷在比安卡周圍滔滔不絕地說話，比安卡靜靜聽著，不時搖搖頭。沒看到總是隨伺在側，叫做伊馮娜的侍女，不知道她去了哪裡，兩人獨處的模樣看起來相當親密。

比安卡和加斯帕德在一起的時候，也沒這麼心煩意亂啊……

扎卡里訕笑一聲，怎麼會沒有心煩意亂？一開始加斯帕德自願說要當比安卡護衛的時候，自己明明也很緊張，只是加斯帕德謹守界線的態度讓人很安心罷了。和不擅言詞的扎卡里跟加斯帕德不同，索沃爾的口才很好。比安卡和索沃爾講話的時候，好像也比和自己在一起時更常笑。

索沃爾擁有自己沒有的優點。扎卡里從未拿自己和別人比較過，也不曾陷入自卑之類的情緒裡。他總是單純地接受別人的優點，別人值得稱讚的時候也不曾吝嗇。然而這一瞬間，在心中如泥濘般翻湧的負面情緒，反覆讓扎卡里的心臟怦怦直跳。

即便如此，也不能讓索沃爾離開，放比安卡獨自一人，這終究是沒有解答的問題，只要比安卡的身邊有別的男人，無論是誰，扎卡里都會不高興。

『真是不如意啊。』

趕快獲得優勝吧，這樣就沒事了。

CHAPTER ✣ 09.

扎卡里並未意識到，自己正一步一步走向近乎疑心病的執著當中。不過就算他發現了，這也是他無力改變的事，情況不會有太大的變化。

扎卡里不自覺摸著自己手臂上、比安卡送他的手絹。隔著厚實盔甲摸到的手帕，應該薄如蟬翼，沒什麼感覺，但對扎卡里而言，手絹的存在感卻大於任何東西。

看到扎卡里的表情變得不尋常，替代隨從在扎卡里身邊待命的羅貝爾也跟著緊張起來。扎卡里即使面對戰爭，表情也從未變過。他的四周瀰漫著殺氣，萬一發生什麼事，怕會相當嚴重。

察覺到扎卡里神色反常的人不只羅貝爾。比賽結束後，在競技場內灑水消除飛揚的塵土時，雅各布騎馬來到扎卡里面前，裝模作樣地開口。

「你看看、你看看，阿爾諾伯爵的表情看起來像是想在這次比賽中置我於死地啊，真是殺氣騰騰。」

「……不會的。我怎麼敢有那種心思呢。」

「那就太好了。」

雅各布聳聳肩，瞥了一眼扎卡里。回答很冷靜，眼裡卻泛著殺意，就像「沒有殺死你的心思，不代表我不會殺死你」的那種眼神。

即使扎卡里的視線不單純，雅各布也沒有指責他的臉色。除了這個，能用來挑釁扎卡里的事情太多了。不管扎卡里冰冷果決的語氣，雅各布還是爽朗地笑著親切地說：

「現在輪到我們了，阿爾諾伯爵。讓我們用盡全力競賽吧。還有你妻子……是叫比安卡吧？」

「請您不要公然稱呼我妻子的名字。」

扎卡里顯而易見的不悅也沒有讓雅各布退縮，反而露出愉快的笑容。雅各布的微笑詭譎狡詐，甚至讓他的美貌遜色幾分。

「別那麼難相處啊，我一直覺得你太死板了。最近正流行宮廷戀愛吧，連高堤耶大哥也會和其他貴夫人調情。你不跟其他女人講話，也不讓自己妻子和其他男人接觸的樣子，我實在看不下去。」

「……我不打算用別人的標準要求自己。王子大人是王子大人，我是我。」

「比安卡也是這樣想的嗎？」

「……」

「我知道你想把玫瑰花獻給比安卡，但不管哪一邊獲勝，比安卡都會收下玫瑰吧。」

CHAPTER ✢ 09.

雖然宮廷戀愛不是祕密，但去提醒對方的配偶這件事極為無禮。扎卡里的心情變得更加不悅，烏黑的瞳孔眼神灼灼，彷彿隨時會沸騰。勃然大怒的羅貝爾高聲怒吼。

「您說話太過分了！」

「……喔，羅貝爾爵士，你在那裡啊。昨天好像在馬上看過你……現在像隨從一樣站在下面，我都沒發現呢。身為曾以長槍相向的人，真是抱歉。不過我們阿爾諾伯爵真是厲害啊，把光榮的三翼之一當成侍從使喚。」

雅各布想離間羅貝爾及扎卡里的意圖昭然若揭。到了這種程度已經不是離間，反而更像是想惹怒羅貝爾，引發騷動。羅貝爾也很清楚，他從咬緊的牙關中擠出回應。

「我的光榮不是勝利，而是好好輔佐伯爵大人。」

「真是口若懸河啊，以騎士來說，你很會說話呢。」

雅各布蔑視的語氣，彷彿在說「一個騎士要是沒有實力，至少口才要好」。靜靜聽著的扎卡里緩緩轉頭看向雅各布。扎卡里還沒蓋上頭盔面罩的五官，像雕像一樣沒有絲毫動搖。他沉靜地問道：

「您這是想挑釁我嗎？」

「你太晚發現了。」

「因為挑釁我沒有好處。」

對王子您來說。

他的悄聲低語在耳邊消散。推測自己會獲得勝利的狂妄回答像在念誦早餐菜單一樣，十分冷靜。扎卡里凝視著雅各布的平靜眼神，連他是否因為雅各布的話感到憤怒或不耐煩都看不出來。

散發湛藍光芒的黑色瞳孔像在嘲笑對方愚蠢。雅各布受到打擊，卻盡力保持鎮靜。被原本想挑釁的對象反過來挑釁的事實讓他自尊心受損。雅各布控制好歪扭的嘴角，重新露出笑容。但這次在他顫著臉頰堆起的笑意，不像剛才那樣自信滿滿。

「嗯，萬一你因為私人感情而激動起來，露出破綻，那對我是有利的。」

「……王子大人，以騎士來說，您的話太多了。這是因為您擔任騎士的經驗不足嗎？」

扎卡里冷嘲熱諷的樣子太過稀奇，不只雅各布，連羅貝爾都張大嘴巴。扎卡里一直是用行動，不是用言語表達的類型，因此包括羅貝爾在內的三個副將，平常為了從最精簡的話中解讀出扎卡里的用意，過得有多辛苦啊？

雅各布後來才意識到扎卡里引用了剛才他對羅貝爾說的話，表情扭曲。

CHAPTER ✣ 09.

即便給了雅各布一擊，扎卡里的表情也紋絲未動，只眨著眼睛看向雅各布。他冷靜的聲音彷彿在耳畔呢喃，但至少雅各布聽得清清楚楚。

「不管是信仰、思想還是怨恨，騎士都是用槍矛說話。」

沒錯，騎士必須透過行動來展現一切，對愛情也一樣。扎卡里沒有口蜜腹劍的流利辯才，也沒辦法說出彷彿浸泡過蜂蜜的甜言蜜語，只能為她做到力所能及的事。

繼續和雅各布鬥嘴一點意義也沒有，扎卡里立刻策馬走向競技場。很快就掌握情況的羅貝爾笑著斜眼看向雅各布，拿著長槍追上扎卡里。

獨自留在原地的雅各布臉色僵硬，一改常態露出嚴肅的神色，不像平常態度輕挑。沒有一件事情順利讓他感到焦躁，其中最令人氣惱的正是眼前的競技，他贏過扎卡里的機率幾乎為零。

他決定參賽的時候，當然也考慮過自己會輸給扎卡里，只是剛才聽完扎卡里說的那些話，心情更是惱火。

雅各布非得參與擂臺賽的理由有很多，包括讓父王看見自己在擂臺賽活躍的模樣，藉此建立正面形象，還想將玫瑰遞給比安卡，暗示自己的心意……

既然晉級到了準決賽，讓父王看到積極面貌的目的已經充分達成，父王也對他的表現感到高興，可是比安卡不太喜歡他的玫瑰。他認為那可能是在害羞，比安卡看起來很安靜，應該不是在陌生男子接近時，會流露出欣喜的性格。

但這世上沒有砍不倒的樹。今天就當作暫時戰敗，反正還有宴會……在擂臺賽已經夠接近她了，只要在宴會上砍倒這棵樹就可以了。就那樣把她推倒，想必能連同今天的屈辱一起奉還……

雅各布在扎卡里身後怒視他許久，終於咬緊牙關策馬向前，充滿惡意的藍色瞳孔閃閃發光。

＊＊＊

雅各布與扎卡里對戰的結果相當悽慘。扎卡里似乎忘了對方是王子，直接將雅各布撂倒在地。不需要進行第二回合，顯而易見的完美勝利。

就算雅各布比高堤耶不受寵，畢竟還是國王的孩子。兒子在眾人面前一敗塗地，國王的心裡也有些不滿。這不僅是讓兒子丟臉，也將自己的面子踩在腳下。如果扎卡里有顧慮到王室的面子，應該會用溫和一點的方式取得勝利……國王不悅地咂嘴一聲。

CHAPTER✣09.

在國王身邊的高堤耶很快就察覺到國王的不悅。為了安撫國王，高堤耶開始吹捧扎卡里。

「阿爾諾伯爵果然是了不起的騎士。只要有他在，和卡斯提亞的競賽絕對不會輸的。」

「但有必要像那樣把他撂倒在地嗎？雅各布也是王子啊，蔑視王族不就是瞧不起我嗎？」

「這是騎士們之間的競技。阿爾諾伯爵做到這種地步，反而是因為阿爾諾伯爵認可雅各布吧？猛獸本來就會選擇對手。」

「嗯……」

國王發出沉重的低吟，似乎認同高堤耶的話，卻也無法立刻放下遺憾。高堤耶再次袒護扎卡里。

「您也知道阿爾諾伯爵有多忠心。只要是父王的命令，無論再怎麼艱難的戰爭都能為您帶來勝利。」

「是啊，沒錯……這次也是我命令他參加才來的。他本來就是對擂臺賽這種場合沒興趣的人啊。呵，你不也是？因為阿爾諾伯爵是你的人，就立刻保護他。」

「怎麼會是我的人呢？他是父親忠誠的家臣。」

因為心愛的大兒子討好自己，不悅的情緒也立刻消失了。被說服的國王淺笑著，尖銳的氣氛也瞬間消失。

獲勝的扎卡里走向比安卡，而索沃爾笑咪咪地躲到一旁。扎卡里來到比安卡面前直盯著她，憂心地說：

「妳看起來很累。」

「因為昨天沒有睡好。」

「怎麼會？」

「……我作惡夢了。」

比安卡吃力地回答。彷彿此刻站在她眼前的扎卡里，隨時都會因為不知道從哪裡射來的箭倒地。

那是毫無意義的夢。雖然接到扎卡里中箭死去的悲報，但比安卡從未親眼確認過他的屍體，也不清楚情報的真偽。如果多關心他一點就好了。比安卡勉強笑著，藏起不安。

「可能我太擔心了。」

即便不是謊言，感覺卻不真實。聽到疑點重重的回答，扎卡里沒有追問，只把玫瑰交給比安卡，輕聲說著：

CHAPTER✣09.

「我很快就會光榮歸來，妳再忍耐一下。」

扎卡里語畢，在比安卡還沒收回接下玫瑰的手之前，就調轉馬頭離去。比安卡失神地看著他的背影。

他是在關心我嗎？或者是我自己想這樣相信……

比起正常人所謂的溫柔，扎卡里的溫柔似乎省略了很多。柔和的嗓音、溫柔的態度、燦爛的笑容等等。導致比安卡直到重生之前，都沒意識到扎卡里對自己懷有好感。

直到上了年紀，視野更加寬廣，更有分寸後回頭一看才明白他的真心。隱含在通報式的命令中，專屬於他的溫柔對比安卡而言究竟是毒藥還是糖果……

雖然與重生前相比，現在能看得更廣闊，但也不代表看得遠。

累積起來的偏見、一知半解的現實。因為這些，比安卡分不清楚扎卡里這分木訥的溫柔對自己的未來是好是壞。恐懼讓她閉起雙眼，摀著耳朵癱坐在原地。

當她邁進一步，怎麼確保自己不會墜落懸崖？

對於未知的將來，取代好奇心的正是恐懼。以十七歲的年紀來說，這種想法過於悲觀又絕望。

另一方面，時間依然在流逝，最後一場比賽即將開始。沉浸在戰鬥亢奮感中的女人們，全都齊聲高呼著扎卡里。高頻率的呼喊聲陣陣傳到耳邊，刺耳的丈夫名字讓比安卡的心情迅速冷卻。

過於熱情的呼喊聲帶來瘋狂，連身邊的索沃爾都咋舌。

「果然是我們伯爵大人，還真受歡迎啊。」

「……」

「不過他一點也不在意這些周圍的人。總之就是個老古板。」

索沃爾咂了咂嘴。四周如此吵雜，扎卡里依然相當沉穩。或許周遭的吵雜聲響對他而言是毫無關聯，無法傳進他耳裡的聲音，不過假如比安卡在這時呼喚扎卡里……索沃爾微微一笑，低聲道：

「夫人，您知道嗎？大概是前年吧……我們曾經勸伯爵大人乾脆找個情婦，當作是心靈慰藉。坦白說，確實如此吧？伯爵大人正氣血方剛，夫人卻還很年幼，而且……」

一直發脾氣。索沃爾吞下肚的難聽話語就像真的有說出口一樣清晰。

索沃爾沒頭沒尾的話沒有嚇到比安卡。她之前也理所當然地認為扎卡里擁有情婦，只是很好奇索沃爾為什麼要突然提起這件事。索沃爾剛才說的話中，想必有嚴重美化的部分。比安卡自己想想，也覺得過去的自己對扎卡里太過分了。

CHAPTER ✢ 09.

……太過分了？自己是從什麼時候開始這樣想的呢？

比安卡對於自己被欺負的事總是反覆咀嚼、後悔不已，但不是會對自己刁難別人的事感到後悔的個性。即便重生歸來，比起沒能勝任扎卡里的妻子，她對被費爾南和維格子爵欺騙的事感到更加惱怒。

比安卡的內心宛如風浪上的扁舟一般起伏晃蕩，但表面上非常鎮定，就像颱風眼一樣風平浪靜。看著比安卡的態度，索沃爾苦笑。

「夫人居然不驚訝呢。是因為您不抱有期待，還是……」

「……」

「……總之，以結論來說的話……伯爵大人駁回了我們的提議，還罵我們不要說這種荒唐的話。那時候的伯爵大人真的殺氣騰騰的，我當時還想乾脆回到戰場上呢。」

扎卡里沒有情婦一事，比安卡已經聽他本人說過了。但即便身邊的人都建議他找個情婦，他也沒有那麼做倒是出乎意料。

聽到這件事的瞬間，比安卡感覺胸口有什麼傾瀉而出，變成柔軟的一團，像血塊一樣黏稠的感覺一直在心頭揮之不去。

比安卡不自覺地發愣，之後才回過神。她轉頭與索沃爾對視，索沃爾也毫不動搖地看著比安卡。

他這個下屬刻意說出可能會讓她心生不滿的話，一定有什麼理由。索沃爾究竟為什麼要說這些呢？但比安卡怎麼樣都問不出口。

比安卡的沉默讓索沃爾噗哧一笑。她真的變了好多，去年的這個時候，索沃爾作夢也沒想到自己可以對比安卡說這種以下犯上的話。

談論的話題不是重點，和她說話這件事本身就是如此。索沃爾並非懼怕年幼夫人的刁蠻，而是認為那毫無意義。

比安卡無法溝通的偏見，以為扎卡里帶著比安卡只是因為責任感的誤解……

「我很喜歡夫人，所以我對以前向伯爵大人說過那種話感到後悔。如果我早知道夫人是這樣的人，我絕對不會提起什麼情婦……話雖如此，我也沒有想過要夫人原諒我，如果夫人想要懲罰我也沒關係。」

索沃爾也知道比安卡不喜歡聽自己說的這些話。屬下當面承認曾向丈夫提議找情婦，怎麼可能會感到開心？目前為止維持的良好關係也可能會徹底破裂。

但索沃爾還是刻意提起這件事，基於無法當作沒發生過的罪惡感，以及比安卡是不是對扎卡里有什麼誤會的擔憂。

表面上比安卡和扎卡里是關係很融洽的夫妻，還會在擂臺賽彼此交換手絹和玫

CHAPTER ✣ 09.

瑰。但事實上，他們是甚至不同房，只要有意思，隨時都能分道揚鑣的夫妻，現在只是為了兩個家族的政治關係而維持婚姻罷了。

就算撇除政治，光以男女之間的情誼來說，索沃爾也很清楚那樣的關係有多麼脆弱。偏偏扎卡里一口拒絕了比安卡想懷上繼承人的直白要求，就因為比安卡還小。

本來以為來到首都，扎卡里的想法會稍微改變。然而在他身旁觀察後，發現這種事依然不可能發生，他們總是在一定的距離外徘徊。

而在這其中，比安卡的周遭出現許多男人。例如二王子雅各布。

雖然很慶幸比安卡對雅各布沒什麼興趣，但這也不能保證她不會愛上其他男人。到了那時，想也知道這段婚姻會多麼岌岌可危。即使比安卡愛上別的男人，扎卡里顯然也會一句話都說不出口，將獨自焦躁不安。

扎卡里比想像中更愛比安卡。

如果那只是一種責任感，「那位」伯爵大人就沒有理由睜大雙眼，牽制雅各布或其他男人了。

但是盯著其他男人也沒意義，要讓比安卡放心才是。放著真正心愛的妻子，以年紀小為由百般推託……比安卡會誤會扎卡里有情婦也是情有可原。

這種話要由誰來跟她說呢？那個沉默寡言的加斯帕德？還是不管夫人說什麼都點頭附和的伊馮娜？或者扎卡里本人？羅貝爾更是想都不用想。

到頭來，就算被訓斥，也只能由索沃爾自己來了。但他總是找不到好機會，每次都想著要說出口，最後就到了今天。

非常慶幸的是，現在伊馮娜也不在，只有他們兩個。還是在空曠的場地，時機非常剛好。

「不過，還請夫人明白，伯爵大人除了您，沒有別人了，好嗎？大人真的非常珍惜夫人……」

「……我……」

比安卡的話就打斷索沃爾的話一樣掠過。她深吸一口氣，只是簡短幾個字，她卻說得極為費力。

「我也知道。」

她知道扎卡里是個古板的男人，也知道他為了一個責任感，從過去到未來都會照顧自己。就算比安卡不履行任何義務也沒關係，他絕不會強迫她，更知道他是會一個人擔起所有義務與責任的男人……

比安卡不相信男人的愛，但唯獨扎卡里的責任感值得信賴。那是扎卡里直到死

CHAPTER✢09.

去前親自證明過的結果。

比安卡毅然的眼神沒有一絲動搖，似乎在訴說她對扎卡里的信任有多麼堅定。那道堅毅的目光讓索沃爾慚愧地低下頭，輕輕一笑。

「……是我多管閒事了呢。」

索沃爾低語，不好意思地抓了抓後頸。不了解實情還說得頭頭是道的自己很可笑，所以才有一句話說，不可以干涉別人的感情。不過如果發生同樣的事，索沃爾肯定會說一模一樣的話，所以他不後悔。

索沃爾回想起自己剛才說的話，發現自己漏了真正重要的詞。要跟夫人說伯爵很愛她嗎？索沃爾猶豫了一下，但認為那只是無謂地重複同樣的話而沒說出口。

那一瞬間，歡呼聲再次響起。

擂臺賽的高潮，決賽終於開始了。

扎卡里與卡斯提亞騎士走進競技場。先前與加斯帕德對決時，兩人的體型差不多而沒察覺到，現在才發現卡斯提亞騎士的身材非常高大。比安卡的心臟激烈地跳動。

卡斯提亞騎士的超群實力，在與加斯帕德的對戰中感覺得到，即便是扎卡里也可能有危險。比安卡見過幾個在擂臺賽中受傷而被抬出去的人，掛念著萬一扎卡里也不小心失誤、受傷該怎麼辦。她並未將此自我合理化，認為這只是因為扎卡里死去後，自己會成為斷線的風箏，而是純粹擔心他。

等待旗手揮下旗幟的時間就永遠一樣漫長。比安卡不自覺抓緊裙子，身上滲出的冷汗浸溼裙襬。比安卡深吸一口氣，緊張得快要窒息。她瞪大眼睛，看著兩人衝向對方。

咚、咚、咚！隨著兩人靠近，比安卡的心跳聲也有如鼓聲一般越來越大。

隨著一聲轟然巨響，木頭碎片飛散於半空中。人們像海浪一樣站起來歡呼，激昂的呼喊聲震耳欲聾。實際狀況尚未明朗，比安卡沒辦法客觀地判斷戰況，只能將視線投向將馬停在另一端的扎卡里背影上。羅貝爾急忙跑過來，照顧扎卡里。

幸好扎卡里看起來沒有受傷，比安卡輕輕鬆了一口氣。一旁的索沃爾拍著手大聲呼喊，比安卡這時才意識到扎卡里獲勝了。

「哎呀，不愧是伯爵大人，一局定勝負。只用一局就贏過那位卡斯提亞騎士……從外表看不出來，但他很有頭腦。他把盾牌移到槍尖碰不到的位置，但沒想到在這麼短的時間內，可以修正槍尖的軌道，精準地刺穿盾牌。」

「真的是……」

CHAPTER ✣ 09.

比安卡不耐煩似地搖了搖頭，若無其事地拍拍被自己捏皺的裙子說：

「希望他以後不要再參加擂臺賽了。感覺都要神經衰弱了。」

「反正伯爵大人總會獲得勝利的。」

「但這也不一定吧。」

比安卡微微噘起嘴，似乎是為了掩飾激動的心情，她噘著嘴嘟嘟嚷嚷，比平常更顯嘮叨。她的心臟還在怦通狂跳。索沃爾靜靜看著這樣的比安卡，嘴角像在用力憋笑般抖動。

「擂臺賽最終獲勝者，是阿爾諾伯爵！」

人們不停歡呼，塞夫朗國王從座位上起身，迎接獲勝者。即便是意料之中的結果，依然充滿喜悅。扎卡里走向國王所在的看臺，傳令兵從國王手中接過以金箔裝飾的木盒，來到扎卡里面前。

「優勝的獎品是象徵塞夫朗的黃金玫瑰。請優勝者阿爾諾伯爵下馬並脫去頭盔行禮。」

扎卡里敏捷地跳下馬、揭去頭盔，凌亂的銀髮在陽光下閃耀。即使獲得勝利，他也完全沒有興奮之情，冷漠的表情宛如北國的寒冬。

扎卡里將頭盔放在左側腹，像站在國王面前一樣在傳令兵前單膝下跪，右手放在心臟處，低聲稱誦：

「願太陽永遠照耀塞夫朗光榮的玫瑰。」

扎卡里說出虔誠的問候語，從傳令兵手中接過裝有黃金玫瑰的盒子。他將頭盔遞給一旁的羅貝爾，拿出盒子裡的玫瑰，立刻跳上馬背。此刻是將擂臺賽之花、屬於獲勝者的黃金玫瑰，獻給心愛女人的瞬間。

玫瑰贈予的對象早已確定，競技場內的所有人都看向比安卡。

然而比安卡沒有餘力在乎別人的視線。眼前的世界從邊緣開始逐漸泛白，只有扎卡里清晰可見。索沃爾在耳邊低聲說著什麼，但那就像蜜蜂在耳邊飛舞的嗡嗡聲，聽不清楚。

這種時候該露出什麼表情呢？該不該笑？煩惱的比安卡臉頰尷尬地顫了顫，剛才為扎卡里的競賽緊張萬分，她的臉色應該很蒼白，應該不太好看。

比安卡努力控制表情，但她一直以來都不曾控制過表情，完全不知道臉上的表情究竟有表現出心意。大概是悶悶不樂的表情吧，比安卡的雙頰羞愧地發燙。

比起周圍擁有華麗金髮的女人們，自己是不是顯得十分暗淡？又陰沉又黑暗……那些從來沒有在意過的事開始令人感到不自在。

與此同時，扎卡里逐漸靠近。兩人的距離非常近，連凝結在凌亂的額前銀髮上

CHAPTER ✣ 09.

的汗珠都能看得一清二楚。

比安卡嚥下口水，從座位上起身走向看臺的欄杆處。雖然不久前也收過扎卡里給的玫瑰，現在的緊張感卻完全不同。

眼前的扎卡里抽下綁在手臂上的蕾絲手絹，潔白柔軟的手絹在空中輕盈地飛揚，讓在場所有女性的目光都集中在那條手絹上。

那是她們從來沒見過的新玩意，女人們彼此交頭接耳，討論那是什麼東西。比起扎卡里要將優勝的黃金玫瑰獻給比安卡，那條蕾絲手絹更令她們羨慕。

扎卡里用手絹抓著黃金玫瑰的花莖遞給比安卡，而她收下黃金玫瑰的手不停顫抖。扎卡里靜靜地望著比安卡，眼神宛如黑暗中的湖水溫和幽靜，卻讓比安卡的心怦怦作響。

「多虧妳的庇佑，我才能贏。」

「……就像索沃爾說的，伯爵大人會贏是理所當然的。」

是因為喉嚨鎖住了，發不出聲音嗎？不對，她怎麼會說出這種帶刺的話？希望自己不會看起來心情不好。倉皇失措的比安卡趕緊補充道：

「託伯爵大人獲勝的福，我也能享受這樣的榮耀。」

「如果沒有妳，這份榮耀一開始就不存在。」

扎卡里回應完，嘴角勾起一道弧線。第一次見到他深深的笑容，驚訝的比安卡一時語塞。只有想說話的欲望，卻不知道該說什麼、該如何表達。

扎卡里彎曲的眉眼與輕輕揚起的嘴唇簡直是犯規。其實比安卡平常也跟他一樣不怎麼愛笑，總是沉默不語，但與比安卡生硬又彆扭的笑容不同，扎卡里的笑十分自然，加上從他身後投射而來的陽光，甚至看起來神聖崇高。

比安卡的心臟劇烈跳動，多虧了觀眾們的歡呼，她不用擔心自己的心跳聲會被聽見。那響亮的心跳聲像在用盡全力吶喊著什麼……

比安卡一直努力假裝沒察覺到。

我不是愛上了那個人，只是跟他變親近了……因為意識到事實，只會感到痛苦。

但這些都是謊言。當燦爛的榮耀照亮她時，比安卡承認她在自欺欺人。而這個事實，也的確讓比安卡十分心痛。

我沒辦法看著他死，我愛他……

沒錯，我愛他。

比安卡害怕草率地相信扎卡里愛著自己，卻無法控制好自己的心。她告訴自己不應該相信扎卡里、想想萬一被他背叛會有多痛苦。但諷刺的是，比安卡千算萬

CHAPTER ✢ 09.

算、刻意保持距離，卻是她自己先打開了心扉。

當比安卡意識到自己喜歡扎卡里後，她也完全忘了自己至今是怎麼泰然自若地站在扎卡里面前的。緊張讓比安卡口乾舌燥，而扎卡里絲毫沒有察覺到比安卡心中宛如洪水氾濫般洶湧的情感，撫著手中的韁繩低聲呢喃。

「這些都是託妳的福，謝謝。」

「……如果這麼感謝我，不如給我一個感謝之吻吧？」

看到扎卡里一再道謝，比安卡害羞起來，笑著說，同時因為沒有勇氣迎上扎卡里的目光而撇過頭去。

雖然她要求對方獻吻，但當然只是說說而已，就像希望懷上繼承人一樣，她並不期待扎卡里會真的親吻自己。

連圓房都拒絕的男人會當眾親吻嗎？如果扎卡里是要求接吻就會答應的男人，他們倆早就親過嘴，肌膚相親了。

或許是意識到了自己的真實情感，比安卡雖然毫不期待地說出那句話，她的臉卻和平常不同，變得滾燙。上一世與扎卡里接吻不知道是什麼時候了，回憶及感受都朦朧不清。

這時候，扎卡里伸手捧住比安卡的臉頰，柔軟的皮膚上有種粗糙的觸感，皮革與金屬的氣味刺入她的鼻腔。突如其來的觸碰讓比安卡無所適從，正打算說點什麼，扎卡里率先開口。

「如果妳願意的話。」

「……什麼？」

話音剛落，騎在馬上的扎卡里身體就隔著看臺的欄杆，傾向比安卡。驚訝的比安卡試圖向後退，但扎卡里的手固定住她的後腦杓。他的手太有力了，讓比安卡動彈不得。

「等……嗯……」

想暫時喊停的話直接被扎卡里的雙脣吞沒。比安卡的眼睛瞪得又圓又大，試著搞清楚現在的情況，但無論她怎麼想都依然無法理解。他的想法一直以來就和銅牆鐵壁沒兩樣，究竟為什麼改變了？

扎卡里的吻就像他本人，木訥、行動快過言語、無所畏懼……在奇妙的地方十分細膩。

競技場內就像被潑了水一般靜默，但比安卡沒有多餘的心思在意這些。反覆放開又貼上的雙脣如同場內殘留的熱情一樣火熱。

舌頭交纏，不願放開，在緊緊糾纏的動作中，能感受到一股執拗的執著。比

CHAPTER ✢ 09.

安卡想要保持理智，但急促的呼吸讓她暈頭轉向。

過了好一陣子，扎卡里的雙唇才緩緩離開。但沒有完全離開，扎卡里的下嘴脣仍與比安卡的下嘴脣相貼，在幾乎要碰到鼻尖的極近距離下深吸一口氣。他的眼神流轉著不明的複雜情緒，而就在他緩緩放開比安卡時，掠過他眼裡的情感也消失得無影無蹤。

當他們結束一吻，剛才一直屏息看著年輕伯爵夫妻的觀眾們，歡呼聲響徹整個競技場。在擂臺賽中獲勝的戰爭英雄伯爵及他的妻子，簡直就是世紀羅曼史。

大部分的人都抱持著好奇心及稍微八卦的心態看著兩人，但知道這對夫妻情況的羅貝爾張大了嘴巴，索沃爾則是滿臉笑容，像非常滿意似的點點頭。

雅各布此時的表情就像被長槍刺穿粉碎的盾牌一樣難看。他用布滿血絲的眼睛惡狠狠地瞪著他們，比安卡和扎卡里卻無暇顧及這些。

在震耳欲聾的歡呼聲中，比安卡花了一段時間調整呼吸，接著滿臉通紅地輕推扎卡里的胸膛，小聲地慌張說道：

「我、我只是開玩笑……！你居然在這麼多人面前……！」

「妳是開玩笑的嗎？」

扎卡里眨眨眼睛反問，一副我真的不知道的樣子，看起來單純到厚顏無恥。這個男人帶著少年般的眼神，但他的吻執著又濃密，令人難以置信。

比安卡紅著臉咬住下唇，齒尖明顯感受到自己的嘴唇有點腫。

剛才耀眼的微笑就像夢一場，扎卡里再次恢復生硬的表情一言不發，似乎在細細思索。比安卡用手搧風，想冷卻滾燙的臉頰。沉默並未持續太久，扎卡里很快就下定決心，毅然決然地開口：

「妳那時候說的話，現在還算數嗎？」

「什、什麼話？」

「妳說，想生下我的繼承人的那些話。」

「那當然……」

比安卡羞澀地回答這個突如其來的問題。光是親吻就讓她的腦袋無法思考了，竟然還問她算不算數？繼承人？比安卡呆愣地看著扎卡里。

扎卡里也靜靜望向比安卡，再次向她傾身，在耳畔悄聲說道：

「今天晚上，我去找妳。」

「什麼？」

依然令人摸不著頭緒的話讓比安卡反問，扎卡里卻沒有回答，只留下淺淺的微笑就和比安卡拉開距離，重新在馬背上找回平衡的他拉動韁繩，輕輕一踢，他

CHAPTER ✣ 09.

的黑馬緩步離比安卡越來越遠。

　　比安卡獨自留在原地，但她的鼻尖還聞得到皮革和鐵的味道，嘴脣上也殘留著扎卡里的溫度。比安卡失神地望著扎卡里的背影，下意識將從他送的黃金玫瑰抵在脣上，黃金冰涼的觸感讓她炙熱的雙脣冷卻下來，卻無法澆熄熊熊燃燒的心。

CHAPTER 10.

可以稱呼老公的關係

這天，拉奧斯的人們整天忙著談論扎卡里的勝利。大家都說，果然沒有任何人敵得過阿爾諾伯爵，和亞拉岡王國的戰爭也將在不久後平息。

即便每個人都裝得若無其事，但持續已久的戰爭一定會引起民眾不安。扎卡里在這次擂臺賽上展現出絕對的實力，多少消除了盤旋在眾人心裡一角的焦慮。

而和扎卡里的功績同樣成為熱議話題的，正是黃金玫瑰的主人比安卡。雖然這不是第一次獲勝的騎士親吻心儀的淑女，但他是「那位」扎卡里·德·阿爾諾啊。看起來和浪漫、宮廷戀愛扯不上關係的扎卡里做出那種舉動，讓好事者紛紛揣測起他們夫妻倆的浪漫關係。

再加上自從來到首都之後，比安卡都一直臥病在床、閉門不出，關於她的許多事情都蒙上一層紗，激起人們的好奇心。更不用說扎卡里遞給比安卡的陌生手絹究竟是什麼了。

當然也有很多說她個性多糟糕、伯爵提起她就會感到厭煩的謠言，但從來沒有任何人與她面對面過，內容也與擂臺賽上她與扎卡里的互動矛盾，自然無法令人完全相信。

就在人們議論比安卡時，主角比安卡卻一整天都焦慮地在房裡來回踱步。她連伊馮娜都沒有留在身邊，一個人窩在房間裡，不斷回想在擂臺賽上發生的事。

CHAPTER ✢ 10.

繼承人，還有今天晚上。

她絕對沒想到這些詞會先從扎卡里的口中說出來。

比安卡才剛意識到自己的情感就立刻發生這些事，和被捲入風浪沒兩樣。她想盡辦法讓自己保持鎮定。

說不定扎卡里的那句話不是今天要圓房的意思。他不是一直以來都果斷拒絕比安卡圓房的要求嗎？很明顯只是要開始認真考慮繼承人這件事，要來找自己商議的意思而已。

等秋天回到阿爾諾領地，馬上就是冬天，在那之後她就十八歲了……

沒錯，不要胡思亂想。萬一露出期待的神色，卻又不是那一回事，那該有多丟臉啊。

可是……比安卡十分猶豫。不是理性，而是她的本能因為與扎卡里接吻後產生的反應而發出訊號，那股吸引力緊緊束縛著她的身體，無法輕易推託成錯覺。

或許是這個原因，比安卡沐浴的時間比以往還久。她不知道在混入玫瑰精油的水中泡了多久，洗完澡的她渾身散發出濃郁的草本玫瑰香氣。

「……頭好痛。」

比安卡扶著隱隱作痛的額頭。雜亂的思緒無法立刻找到解決方法，只留下煩悶，填滿她的腦袋。扎卡里倒不如趕快過來，清楚地回答不久前說的這些話究竟是什麼意思，但比安卡又害怕面對他。兩種極端的心情讓比安卡長嘆一口氣。

「比安卡。」

這時聽到從身後傳來的聲音，比安卡驚訝地轉頭看去。扎卡里斜靠在門邊直直凝視著比安卡。他似乎也沐浴過了，銀色髮絲比平常更閃耀，衣服寬鬆。眼前的畫面有種微妙的似曾相識感，比安卡下意識地皺起眉頭時，扎卡里快步走近比安卡。

「身體不舒服嗎？」

「不，我沒事。」

太靠近了。扎卡里自然地朝自己的臉頰伸出手的樣子，讓比安卡驚慌失措，不自覺地往後退，晚了一拍才意識到自己的警戒。

這樣不行啊。比安卡盡力控制住自己。

「我突然那樣說，好像讓妳很驚慌。」

「不只是因為那些話。」

想起那個吻，比安卡的耳朵發燙。雖然她是重生者，前世的回憶卻沒什麼幫助。上一世，她和扎卡里的關係只有忍耐跟退讓，與費爾南之間的行為也只是為了搏得對方的愛而付出的代價。第一次與費爾南接吻時也一樣心跳加速，但經過這次

CHAPTER ✣10.

與扎卡里的親吻，她能確定當時並非真心愛著費爾南。

相較之下，扎卡里顯得相當冷靜，親吻比安卡的樣子也十分自然。這是因為那對比安卡而言是緊張悸動的瞬間，但在他眼裡不算什麼嗎……？想到這裡，比安卡的內心深處有如被針刺上一樣刺痛。正是這股痛楚讓比安卡懊悔不已，自己就是知道會變成這樣，她才會把心門牢牢拴上啊……

「如果造成妳的困擾，我很抱歉。」

「不算是困擾，畢竟我們是夫妻……」

「那就好。」

扎卡里似乎很滿意比安卡低聲呢喃的回答，嘴角揚起一道弧線。

一度敞開的心門，就算懊悔也會輕易為他再次開啟。比安卡很想抓住自己失控的心跳。如果能抓住它、讓它冷靜下來，比安卡很想叫它不要再吵了。

扎卡里對比安卡的心思毫不知情，一步步走近。不，說不定他非常了解比安卡的心思，是故意將比安卡耍得團團轉的。

他的接近將比安卡逼到絕境。站在原地不動的話，心臟感覺會爆炸，但又不能躲開。

「今天會有很多對不起妳的事。」

比安卡不知道有什麼好愧疚的，但兩人的距離已經縮短到最小，幾乎要碰到彼此的身體。扎卡里沒有用手環抱住她的腰，她卻有種被抱在懷中的感覺，讓她十分羞澀又不自在。

「我本來想要給妳一週的時間做心理準備。我的年齡比較大，想讓妳看到我成熟的模樣……我也知道太倉促了，但我心急如焚，無法再等下去了。我引以為傲的耐心也終於到了極限。」

扎卡里反常地很多話，而且都沒頭沒尾的。到底是什麼事情需要一週的時間做心理準備？比安卡的腦袋暈眩。他對對話的主題閉口不談，只在周圍打轉，令人感到煩悶。

『他可以乾脆爽快地說出來啊。現在就像、就像是那樣……真的是……』

比安卡不希望亂猜後失望，絞盡腦汁想弄清楚扎卡里的意圖。就在比安卡目光動搖的瞬間，站在她面前，毫無動靜的扎卡里伸手攬過比安卡。

比安卡嚇了一跳，推著扎卡里的胸膛，但從背後禁錮她的結實手臂就像古木的樹根一樣。比安卡的動作宛如小鳥展翅時撞到鳥籠般無力，她驚慌地喊道：

「伯爵大人！」

「老公。」

CHAPTER ✢ 10.

扎卡里溫柔而堅定地打斷比安卡的呼喊。

「叫我老公。」

扎卡里的話依然毫無來由，比安卡呆愣地抬頭看向扎卡里。倒映在他漆黑眼眸中的比安卡因困惑而顯得混亂。她的心臟狂跳，但跟剛才不一樣，比安卡害怕劇烈的心跳會透過緊靠在一起的胸口傳遞過去。

扎卡里彎眼笑著，似乎覺得這樣的比安卡很可愛。他用緩慢，但絕不可能聽錯的清晰語調說：

「因為我們馬上就是符合那個稱呼的關係了。」

比安卡眨眨眼，很快就想起扎卡里為什麼會說出這句話。當初扎卡里問為什麼不叫老公時，她回答了兩人還沒擁有夫妻之實，不能使用那個稱呼。

「不然叫名字也可以。」

扎卡里粗糙的指尖撫過比安卡的嘴唇，彷彿在期待那片唇中流洩出自己的名字。

扎卡里的話再也沒有讓人誤解的餘地。也就是說，他真的……

比安卡的臉漲得通紅。這時候該怎麼做才好？她一直害怕胡亂猜測而期待會帶來失望，因此努力忽視，結果現在現實真的擺在眼前，卻因為沒有做好心理準備而說不出話。

需要一點時間思考的比安卡支支吾吾，試著阻止扎卡里。

「等、等等。」

「抱歉，我至今一直忽視妳想懷上繼承人的要求。雖然我堅信自己可以忍耐，從未懷疑過……」

比安卡試圖保持距離，但扎卡里還是毫不在意，逕自說下去。扎卡里自己也承認現在看起來可能有點像強迫她，但此刻這些話非說不可。從以前到現在都在比安卡面前努力裝作泰然自若，其實扎卡里的心臟早就快爆炸了，甚至比在鮮血四濺的戰場上更為激昂。

被所有人認為是光榮的擂臺賽，對扎卡里而言只是將黃金玫瑰獻給比安卡的手段罷了。他想討比安卡歡心。得到黃金玫瑰的她，只要能稍微露出笑容，扎卡里就心滿意足了。

然而事與願違，扎卡里拿著黃金玫瑰靠近比安卡時，她的臉上充滿著憂心。當扎卡里看到那道從碧綠色的眼睛裡滿溢而出的擔憂，他感覺到自己至今為了對比安卡恪守禮數而極力維持的耐心化為粉末飄散。

『說不定，比安卡也有一點喜歡我。』

CHAPTER✢10.

想到這裡，一股痛楚刺上他的心，比被利刀刺傷的痛苦還難受。那種熱氣就像用火烤過的烙鐵灼燒心臟，是痛苦得感到甜蜜的修行。

在眾人震耳欲聾的歡呼聲中，只有比安卡閃閃發亮。當比安卡要求親吻，扎卡里發現自己再也無法堅持下去。在馬術競技中從未有過的熱情瞬間燃起，將他吞沒。

他沒有信心可以等到比安卡年滿十八歲。不，光是要忍過現在這一秒就耗盡力氣。

自由、責任、尊重……用理性思考過的一切都像撲進火堆中的飛蛾一樣，化為灰燼消失無蹤。曾被他視為混淆自己的惡魔低語，如今如同天使吹奏的喇叭聲，令人神魂顛倒。

扎卡里決定放下認為自己可以忍耐的高傲。

同時也承認自己傲慢的失算。

「都是我太自傲了。」

扎卡里沉吟，直接將比安卡抱起。比安卡太輕了，抱起來毫不費力。一度釋放的欲望毫不猶豫地驅使著他，想重新抓住野放種馬的轠繩並不是一件容易的事，更何況必須抓穩轠繩的當事人早已失去理智。

比安卡被抱在扎卡里的懷中動彈不得，整個身體僵住。雖然不是第一次被扎卡里這樣抱著，卻依然不習慣。

扎卡里將比安卡小心翼翼放在床上，床上的靠枕溫柔包裹住她的背。比安卡已經了解狀況了，但對於現在該怎麼做依然毫無頭緒。就在她努力解開雜亂的思緒時，事情仍在逐步發展。

扎卡里的影子從比安卡的上方投下，比安卡躺在床上仰望扎卡里，吸了一口氣。平常因為身高差異，只能從下方抬頭看他，但今天的壓迫感特別強烈。

比安卡試著放慢呼吸，扎卡里輕輕撫過比安卡的臉頰，低聲說道：

「如果想拒絕就趁現在，比安卡。大力地搧我一巴掌，不然……」

深情的觸碰、強烈的壓迫感、無法拒絕的提議。比安卡的心臟不受控制地瘋狂跳動，試圖穩住呼吸的嘗試也化為烏有。

從門縫滲進來的晚風使房裡的燭火晃了一下，影子隱約籠罩在扎卡里的臉上，唯獨漆黑瞳孔中的決心依然鮮明。他聽似有些疲憊的沙啞嗓音穿過比安卡的心跳，敲上她的耳膜。

「我要抱妳了。」

再也無法逃避的直率告白。

CHAPTER ✣ 10.

比安卡一直想將扎卡里撲倒在床上，但那只是為了懷上繼承人而進行的肉體結合，她將上床這件事想得太輕鬆了。

雖然人們常說發生關係後往往也會將自己的心交給對方，但這只是指別人的情況，因為比安卡對男女的性關係沒有什麼感覺。

只有痛苦的性關係會連累積起來的情感也抹殺掉。但比安卡無所謂，她覺得自己一定不會把心交給扎卡里……在她重生的當下，明明是這樣。

然而現在情況不一樣了。如今的比安卡愛上了扎卡里。這真摯的感情讓她徹底陷入混亂，與扎卡里的結合再也不能單純當作達成目標的手段。如果現在真的被他擁入懷中，一切就真的回不去了。比安卡沒有把握自己可以逃離扎卡里。

但她同時感到焦慮，如果現在拒絕他，可能就不會再有下一次機會了。

而且比安卡早已決定好要做的選擇。

「……是有點突然呢，不過沒關係。」

無法拒絕的比安卡，將猶豫和口水一起吞進肚子裡。雖然刻意裝作沒事、說著沒關係，她冰涼的指尖卻在微微顫抖。

其實她內心很想逃走，但她無處可逃。並不是因為她被困在扎卡里的雙臂之間動彈不得，即便他讓比安卡自由活動，事態依然不會改變。萬一現在選擇逃避，比安卡可以清楚地預見她和扎卡里的圓房將無限期延後。

扎卡里很少表現得如此積極，這種機會不會再有第二次。畢竟一直以來，無論比安卡如何出招，這個男人都像緊緊閉著嘴，堅決不肯張嘴的蚌殼。

比安卡不知道究竟是什麼點燃了扎卡里，但她一定要牢牢抓住這次機會。不管是為了盤算已久的目標，還是為了突然察覺到的單戀之情。

或許是比安卡的答案不理想，扎卡里瞇起眼，難掩疑心地反問：

「妳知道我現在要做什麼嗎？」

「我……知道！我說過我已經都學過了。」

比安卡虛張聲勢地揚起下巴，卻因急躁的心情緊咬住嘴唇，細嫩的皮肉上凝結出血珠。

扎卡里用指尖輕輕抹過比安卡的唇，臉上依然留有擔憂，顯然不相信比安卡回答。

「今天……可能是我第一次拒絕妳的請求。想要我停下來的話就現在說。」

「在我看來，您是到了今天才真的答應我的要求。您究竟要問幾次呢？難道一定要我親口求您抱我才行嗎？」

雖然氣勢洶洶地回嘴，但比安卡滿臉通紅。沒想到在這種狀況下還是這種反

CHAPTER ✢10.

應。不，是在這種情形下越嚴重吧？但對比安卡來說，只會令人煩悶，更加敏感罷了。

儘管比安卡的抗議明顯帶著不耐，扎卡里似乎覺得比安卡很可愛而低聲笑著，讓她的心跳加速。她反覆說服自己，那只是毫無意義的笑，不要誤會，不要任由他擺布……

比安卡在內心拚命吶喊，但其實一點用都沒有。扎卡里說的每一個字、每一句話都一再動搖她。

「就是因為妳這個樣子，我反而更擔心。我會努力保有理智久一點，但不能保證能堅持多久。」

比安卡想起第一次的經驗中，扎卡里好幾次不放過她的情況，頓時面如死灰。當時的扎卡里就像第一次擁抱女人一樣焦慮、急躁、粗魯。

但她對這點小事都做好充分的覺悟了。比安卡毅然點點頭。扎卡里確認到最後一刻，才朝比安卡俯下身子。當他溫熱的氣息碰觸到比安卡的臉頰，比安卡不自覺地緊緊閉上眼睛。

他的嘴唇從臉頰往下，沿著下巴，一路來到脖子。扎卡里吻上比安卡沒戴著項鍊的白皙側頸，宛如野狼探索獵物，帶著緊張感。扎卡里堅硬的牙齒輕輕碰上比安卡柔嫩的皮膚，她不自覺緊張地繃起身子。

扎卡里像在比安卡身上留下烙印般不停印上親吻，用手掀起比安卡的裙襬。他將覆蓋在腿上的寬大裙面掀起，手指摸上比安卡的大腿。先從指尖開始觸碰，手掌接著慢慢貼上她的皮膚。掌心感受到的柔軟肌膚讓扎卡里沉迷，但無法就此滿足。

「衣服。」

沙啞的聲音就在耳畔邊響起，比安卡下意識地用力夾緊大腿。

「可以脫掉嗎？」

扎卡里的手在這時挪到了比安卡的腰間。比安卡的金飾腰帶早已解開，衣服也十分凌亂。她為了掩飾羞澀，故意沒好氣地回答：

「不脫就沒辦法做了吧。」

接著，比安卡猛然起身，轉身背對扎卡里坐著。雖然很大膽，但她的心臟怦怦作響。即便看不到扎卡里，但不表示比安卡感受不到他的存在。每次感覺到他在移動，比安卡的身體都會跟著顫抖。

比安卡身為貴族女子，時常有人在一旁服侍，而禮服的釦子設計在背後。比安卡將長髮攏至胸前並露出背部，扎卡里則為了解開那些遠比自己的手指還細小的釦子孤軍奮戰。

CHAPTER ✣10.

但這不容易。比安卡無所適從，甚至感到難為情。和扎卡里的輕便服裝不同，比安卡穿著稱得上包得嚴嚴實實的正式服裝。扎卡里明示要度過初夜，自己卻穿上這種衣服，看起來或許就像對他有所戒備，於是比安卡小心解釋：

「我穿得太正式了……」

「不，這樣剛好。」

扎卡里專注地呢喃，以笨拙的動作努力好一陣子，這才解開比安卡的最後一顆鈕扣。這時，伴隨著一聲嘆息，扎卡里像開玩笑一樣緩緩地說：

「如果妳打扮得更輕鬆，我可能連事先取得妳的同意都做不到。」

雖然扎卡里的話聽起來平淡，對比安卡而言卻不是。她深深低下頭，想遮住滾燙的臉。

此時，比安卡的綢緞衣物順著她的肩膀滑落。圓潤的肩頭及鮮明突起的肩胛骨在黑暗中也白皙亮眼。幾根桐褐色髮絲垂落在她的肩膀上，扎卡里發出沙啞的低吟。

穿在裙子底下的內襯也褪下之後，比安卡很快就變得一絲不掛。

比安卡不自覺地拉過棉被，遮住胸部。她對自己的身材沒有信心，沒辦法驕傲地展現出不豐滿又尚未成熟的胸部。

扎卡里呼吸急促地脫掉衣服。與必須要有人在旁服侍才能穿脫衣服的比安卡不同，在戰場上生存的扎卡里一切都親力親為。剛才他費力地脫下比安卡的衣物，現在卻熟練著急地脫下自己的衣服。

扎卡里滿是肌肉的結實上半身裸露在比安卡面前，完美的男性軀體宛如神話裡出現的戰神。面對每個人看了都會稱讚不已的強健身軀，比安卡不自覺地發出呻吟。

當他脫去褲子，他的中心部位立刻顯露在眼前。挺立堅硬，彷彿不會萎靡。比安卡不知道為什麼有一種錯覺，它似乎比記憶中更為巨大。

驚愕的比安卡不禁別開視線，莫名的羞赧讓她渾身發燙。不管是「看」還是「被看」都令人難為情。

她的肉體還是處女，但她的精神不是，為什麼還是這麼害羞呢？跟費爾南發生關係時總是穿著衣服，和扎卡里發生關係時則總是在深夜，燭火都熄滅了。而且比安卡前世不願看到那個部位而避開了視線，現在就像是第一次直接目睹。

應該是因為這樣，才會對如此赤裸的情況感到驚慌吧。比安卡用客觀的角度解讀自己，聲音顫抖地說出要求。

CHAPTER ✣10.

「請熄滅燭火吧。」

「不行。」

比安卡以為熄滅燭火這種小事，扎卡里會爽快答應，沒想到他果決地搖搖頭。沒想到自己會被拒絕的比安卡茫然地看向扎卡里。已經褪去所有衣物的扎卡里靠近比安卡，同時回答：

「我不想讓妳受傷。」

比安卡無法理解扎卡里。她印象中的第一次是在黑暗中沉默地進行，現在和當時完全不同。微弱的燭火光線、短暫瑣碎的對話，這些在別人眼中是沒什麼大不了的細微差異，對比安卡而言卻是劇烈的改變。

扎卡里究竟發生了什麼變化？

仔細想想，到目前為止就算比安卡努力說服他圓房，扎卡里連假裝聽進去也不願意。

到底是什麼打動他了？擂臺賽的熱情？比安卡送給他的手絹？

兩者皆是。其實，扎卡里的突然轉變是因為他壓抑至今的嫉妒達到了臨界點，以及他再也無法逃避的洶湧愛意。

然而嫉妒與愛情都不在比安卡的猜測中。嫉妒與愛情不只存在於現在的扎卡里心中，在比安卡重生之前也確實存在過。

可是上一世的扎卡里給予比安卡的只有冷淡。沒有好好交談過，所以不知道彼此的心意，其實就算彼此講上幾句話，當時的比安卡也因為根深蒂固的敵意而閃避排斥。

所以扎卡里選擇對比安卡體貼，沉默地在比安卡的周遭打轉，只在逼不得已時靠近她。當然，這也是因為他害怕遭到比安卡拒絕。

當時的扎卡里已不復存在，比安卡無法得知這些事，只能在完全不明白扎卡里真心的情況下，持續進行無憑無據的猜測。

老實說，比安卡不是真的想知道那個答案而不停揣摩，是為了忘卻此時的壓力而刻意轉移注意力。不過比安卡的胡思亂想沒能持續太久，每當扎卡里有所動作，她的所有感官都會跟隨他，試圖裝作不知情的努力終究化為烏有。

「妳好像一隻小鳥。」

爬上床的扎卡里輕輕握住比安卡的後頸，用大拇指撫著她的臉頰。他的手掌動作生疏，不知道該用多大的力道。

「好像稍微用力就會受傷。」

比安卡更加緊緊拉著遮住胸部的棉被，喃喃自語似地回答。

CHAPTER ✢ 10.

「……你會失望。」

「不會有那種事。」

扎卡里近似嚴肅地斷然否認，傾身靠近比安卡，依舊握住她的後頸，小心翼翼地讓她躺在床上，再往前傾倒，覆在她身上。棉被在動作的同時被拉開，兩副肉體緊緊相貼。

先從嘴唇開始。宛如小鳥啄取飼料般的輕吻經過比安卡的鎖骨，來到胸前。雖然她說扎卡里會失望，但宛如白桃玲瓏可愛，尖端泛著粉紅色的胸部遠遠稱不上失望。扎卡里的舌尖碰上比安卡的胸部尖端，以舌頭玩弄比安卡的淡粉色乳頭後，尖端立刻發硬腫脹。

「啊……」

比安卡不自覺地發出嘆息。

扎卡里的手不停游移，一下子握住比安卡柔軟的胸部，又像捏製陶瓷一樣上下撫摸比安卡的身軀。

扎卡里按部就班地進行，連前戲也一樣老實。前世的他也曾一直對比安卡又啃又吸，但她覺得那樣很像一條蛞蝓爬在身上，顫抖著拒絕了，就沒再發生過……

過去讓比安卡泛起雞皮疙瘩的感覺，如今成為奇妙的熱度，在她身上留下痕跡。脊椎尾端傳來酥麻感，下腹深處搔癢難耐。發燙的身體不知該如何是好，比安卡焦躁地抓住棉被。

扎卡里輕輕抓住比安卡的臀部。當比安卡感覺到臀部被捧起時，她的一隻腳已經不知不覺地放在扎卡里的大腿上。扎卡里的手揉著比安卡的大腿，彷彿在感受她的肌膚，手指伸向張開的雙腿縫隙間。厚實粗糙的手指帶來陌生的觸感，直接反映在敏感又柔嫩的皮膚上。比安卡試圖夾起大腿，卻被扎卡里強壯的手臂攔住。

扎卡里的手指穿過稀疏的陰毛林間，滑入山谷內側，觸碰緊閉著的厚肉間隙，接著用食指及無名指將肉撥開。

他輕輕撫過裸露而出、細嫩柔滑的紅潤黏膜，立即就從深處冒出愛液。扎卡里感覺到手指被愛液沾溼，本能地將指頭伸入深處。

「啊……！」

手指深入不曾被進入過的乾澀通道，就像切開身體的刀子一樣，尖銳的痛楚讓比安卡低聲哀號，扎卡里深入的手指頓時停住。

扎卡里立刻從比安卡的體內抽回手，毫不猶豫地離開床舖。突如其來的動作讓錯愕的比安卡試圖撐起上半身，身體卻又被一把往下拉。

比安卡費力地抬起頭想看清楚狀況時，發現走下床的扎卡里正在自己的雙腿之

CHAPTER ✢ 10.

間。他將比安卡的大腿放在肩上並牢牢固定住，比安卡想掙扎卻完全無法動彈。

扎卡里緩緩靠近比安卡的私密處，宛如雕刻作品的挺直鼻梁穿過比安卡的森林，碰上陰蒂，屬於年輕女子的氣味竄入扎卡里的鼻間。熱氣滲入敏感處，在紅嫩黏膜上泛著淫意。

「等、等等……那裡不可以……」

「沒有什麼不可以。」

「那裡很髒！」

「妳怎麼可能會髒？」

「不是，通常那種地方……啊、啊啊……」

扎卡里一臉天真的表情反問，似乎無法理解比安卡的反駁。那極其自然、不知道有什麼問題的樣子讓愕然的比安卡為了阻止他，伸出手想推他的臉。

但扎卡里搶先一步抬起比安卡的臀部，不假思索伸出舌頭，在比安卡私密處像搔刮似的由下往上移動。他緩緩舔著黏膜，彷彿在品嘗一顆水分飽滿又柔軟可愛的水蜜桃，貪婪地吞下慢慢流出的愛液，似乎不願意錯過任何一滴。扎卡里的舌頭在全然敞開的陰部深處仔細地來回舔舐，汲取甜美的愛液。

「看來妳跟女僕們白學了。這裡本來就是讓男人舔的地方。」

比安卡大聲反駁扎卡里，指他厚顏無恥說出口的話都是謊言，但從她嘴邊竄出來的只有軟綿的呻吟。

即便扎卡里貪婪地吞下愛液，愛液卻像在嘲笑他，不斷湧出。汩汩流出的愛液使扎卡里沒辦法完全接下，舌尖忙碌起來。比安卡不敢睜開眼看著這一幕，用手掌遮住臉。然而視線被遮住後，只剩下耳邊傳來的淫蕩又混亂的聲音。

將鼻子埋進比安卡下半身的扎卡里，晚了一拍才發現比安卡遮住了臉。他伸手拉開比安卡的手。

「請不要遮。」

「呼……這樣太害羞了。」

「也請不要害羞。」

「那、哈啊……那怎麼可能啊。」

扎卡里叫她在這種狀況下不要害羞，就像小孩在耍賴，根本就是強人所難。他居然會耍賴！這完全不像扎卡里會做的事。自己想到的形容和扎卡里本人之間的反差太過有趣，比安卡不自覺地笑了出來，但很快就變成了尖叫。因為這時候，扎卡里輕輕咬了比安卡的突起處。

每當扎卡里的舌尖逗弄比安卡的陰蒂，就會有一股無法控制的熱意擴散至她的

CHAPTER ✢ 10.

全身。比安卡的身體比她還誠實單純，她就像魚一樣彈跳掙扎，越來越難以忍受，甚至不知道自己想擺脫什麼，就只是畏懼著那股如浪潮般湧來，陌生的未知感受襲來。

比安卡本能地領悟到這就是快感，是過去從來沒有感受過的高潮，畢竟上一次的第一次經驗就像被野獸吃掉一樣，恐怖得讓她直到現在都認為那是惡夢。

但她此時是另一種意義的被扎卡里「吃掉」了。雖然比安卡知道身體的反應會依照對象的不同而改變，但自己對扎卡里敞開心扉會產生這麼大的差異嗎？難以置信的比安卡努力壓抑著呻吟。

比安卡對自己的身體感到陌生。擅自彈起發顫的身體、克制不住的聲音，就像這副身軀不是自己的……

本來以為自己已經經歷過，也有了充分的覺悟，但事情變得很奇怪。比安卡害怕與扎卡里發生行為時產生的感覺。如果就這樣失去理智，自己究竟會變成什麼樣子？比安卡試圖逃離快感而奮力掙扎，害怕在他面前露出醜態。

但扎卡里不為所動，就算比安卡掙扎著用後腳跟敲上扎卡里的後背也一樣。她被牢牢抓住而動彈不得的下半身無法掙脫，扎卡里的舌頭也依然執著。

「哈啊……！」

從陰蒂直接傳來的強烈刺激，最終讓比安卡彷彿無力地站在湧來的海嘯面前，赤身承受著無法逃避的快感浪潮。即便是短暫的高潮，第一次的感受依然非常強烈。

比安卡氣喘吁吁，快感的餘韻一度席捲她的全身上下，讓她輕輕顫抖，無所適從地問：

「本來……是這樣的嗎？」

不對，比安卡知道的性行為不是這樣的。應該是更粗魯、更冷漠、忠實於目的……

一開始，她也很意外扎卡里竟如此深諳性事。如果是以前，比安卡想都不敢想他會舔那個地方。他不像對女人這麼熟練的人啊……說不定在以前，扎卡里也因為比安卡的拒絕，沒想過要做這種事。

「你可以老實跟我說，就算你跟別的女人做過，我也不會生氣。」

嘴上說不會生氣，但不表示不會生悶氣。比安卡以前是對情婦的存在不以為然，但現在根本不想去想像扎卡里與其他女子糾纏的畫面。

人就是如此奸詐。他始終一如既往，卻只因為心態改變，無所謂的事就變成了不可饒恕的事。另一方面，抑制不了好奇心而執意要問的比安卡自己也很可笑。

CHAPTER ✣ 10.

比安卡很清楚不能在發生關係時問這種問題，但因為她真的無法相信，才不自覺地問出口。

「我只有妳。」

扎卡里的眉間擠出皺紋，看似很不滿意比安卡的提問。他站起來，抱起躺在床尾的比安卡，將她移到中間。她比剛才更安穩地靠在扎卡里懷中。

「只是……在戰場上打滾，聽過很多這樣的事。雖然都是淺薄的內容，但幸好能派上用場。我的年紀比妳大一些，所以我希望能讓妳有舒服的體驗。」

比安卡的呼吸還沒平復下來，喘著氣瞇起眼睛，斜眼看著扎卡里。她的目光讓不好意思的扎卡里小心地補充：

「……仔細想想，好像不只大一些啊。」

扎卡里主動承認錯誤的樣子相當有趣，比安卡不禁輕聲低笑。扎卡里看著這樣的比安卡，與她並肩躺下後將她擁入懷裡。結實的手臂緊抱住比安卡，讓她無法動彈。

扎卡里的左手抱著比安卡，捏上她的右胸。她的乳頭被夾在手指之間，手掌搓揉她胸部的動作淫穢。扎卡里將鼻子塞進比安卡的後頸深深吸了一口氣，似乎在吸取她的體香。

「看著其他男人抱女人的樣子，我總是想像自己抱著已經長大的妳，小心翼翼地打開妳的這裡……我竟然把性欲投射在年紀還小的妳身上，就算妳要罵我下流也沒關係，我不會說那是血氣方剛的年輕往事，請求妳的諒解。」

放在她身上的右手鑽進比安卡的大腿內側，剛才只伸進一根手指就痛得不得了，這次卻能輕易吞沒。

「啊啊……」

「呼……比安卡。至今妳當作丈夫、披著戰爭英雄這光鮮亮麗的外皮的男人，本性也不過如此。妳很失望嗎？很不高興嗎？但妳依然是我的妻子，我再也無法放開妳了……」

「啊、啊啊、嗯……！」

扎卡里低語的聲音有些急躁亢奮，但比安卡聽起來卻只像是嗡嗡作響，模糊不清的白噪音。在餘韻消失之前，她光是承受撕裂敏感處的衝擊性快感就耗盡了力氣。

每當比安卡大口吸氣，自己的玫瑰香、扎卡里皮膚上的麝香氣味，以及情愛的腥味就鑽入鼻腔。氣味、聲音、席捲全身的歡愉，所有刺激都模糊不清地混雜在一起，撼動著比安卡。

CHAPTER ✣ 10.

扎卡里的手指刮過比安卡的內壁，在她的甬道內攪動。咕啾作響的黏液摩擦聲在不久變成了愛液四濺的聲音。淫穢的聲音伴隨著扎卡里的低吟在耳邊響起，比安卡蜷曲起身體，卻因為被緊緊抱住而動彈不得，更無法逃離。

「比安卡。」

扎卡里在比安卡耳邊低語，聽到宛如未經磨整的粗糙木紋般沙啞的嗓音，比安卡瞬間感覺到下腹緊縮。

「抱歉，我好像沒辦法再忍耐了。」

這麼說的扎卡里表情看起來很冷靜，但他望著比安卡的眼神帶著隱藏不住的欲望，扶起比安卡臀部的手著急得微微顫抖。

扎卡里喘著粗氣，坐到比安卡的雙腿間。比安卡白皙的雙腿大大張開，放在他的腰側，比安卡深呼吸，嚥下一口口水，用充滿水氣的眼睛看著扎卡里的每一個動作。

雖然她害羞得想逃跑，同時卻受到好奇心驅使。他這次插入究竟會不會像以前那麼難受痛苦呢？還是會帶來未知的快樂？比安卡的心臟怦通直跳，連腹部深處都在發顫。

比安卡的陰部收縮著，彷彿也在期待他的到來。扎卡里將性器放在敞開並流出蜜汁的入口，用頂端磨蹭了兩下後，圓潤的龜頭從她的入口緩緩深入。

原本連一根指頭都很勉強的內壁即便擴張過，鬆軟得可以輕鬆吞入兩根手指，卻還是很難納入扎卡里的性器。他推開狹窄的地方插進來，讓比安卡不自覺地發出痛楚的呻吟。

「哈啊……！」

扎卡里的性器分開內壁深入，雖然有足夠的愛液協助他進入，卻無法減少被撐大的痛苦，比安卡的身體就像裂成了兩半。與月經無法相比的痛苦吞沒了她，感到吃力的比安卡不停流下冷汗，溼黏的汗水甚至濡溼了棉被。

「唔……」

扎卡里也一樣感受到強行插入緊緻部位的痛苦。比安卡的身體似乎很難受，緊緊夾住他的性器，讓他喘著粗氣。自己都這麼痛苦了，接納他的比安卡肯定更難受。

扎卡里的嘴唇依序反覆落在比安卡的雙頰、額頭、眼皮、鼻尖及嘴唇上，細碎地吻著她，似乎想安撫她。然而，比安卡如死灰般的臉色絲毫不見好轉，扎卡里頓時不再深入，擔心地問道：

「……很痛嗎？」

CHAPTER ✢ 10.

「不、不會，沒關係。只是……」

比安卡的嘴唇不斷顫抖，看起來完全不像沒關係。她似乎也很清楚這個事實，難為情地辯解：

「不、習慣，等等，慢一點……」

扎卡里依照比安卡的要求，在能忍受的範圍內緩緩移動身體。然而，比安卡的疼痛還是沒有消失。比安卡不自覺左右搖搖頭，緊咬著下唇，彷彿只要張開嘴巴就會哭出來。

但比安卡也無法要求停止。這是早晚都得面對的事，這痛苦就算不是今天，到了明天、下週、下個月或明年也不會改變。比安卡說服著自己，一旦習慣後，這股痛苦還算能忍受，所以只要撐過今天就好了。

痛楚也只有這一瞬間，趕快忍過去就沒事了。緩慢傳來的痛苦雖然不是瞬間的刺痛，卻讓她的體力瞬間耗盡。

「真的沒關係嗎？」

看著比安卡依然痛苦，扎卡里完全停下動作問道。但他的動作跟比安卡的希望背道而馳。

如果要像這樣一一問我的意見，那剛才究竟為什麼要說「如果想拒絕就趁現在」之類的話？根本沒有意義啊！真令人不爽，快動啊！

比安卡強忍住想大叫的心情，煩躁地點點頭。

「可是，比安卡……」

不會察言觀色的扎卡里完全不知道比安卡的內心想法，擔憂地繼續說。

比安卡不想繼續聽下去，張開雙臂緊緊抱住扎卡里。雖然衝動，結果卻令人滿意。因為當比安卡像環抱扎卡里強韌的頸部，他立刻僵著身子，閉上了嘴巴。

比安卡沒有錯過這個瞬間，將自己小巧的嘴唇碰上扎卡里的。扎卡里不自覺地張開雙唇，渴求著比安卡柔軟的口腔內部。

「呼、嗯……」

兩人的舌頭交纏，黏膜互相摩擦，有種驚險酥麻的感覺。他們不顧一切地激烈擁吻，渴求著彼此。而扎卡里停在入口附近的性器也逐漸深入。

比安卡不禁豎起指甲，掐著扎卡里的手臂，在他緊實的皮膚上留下尖銳的觸感。但扎卡里毫不在意，他抓住比安卡的臀部，滑過腰間往上，捏住她的胸部。就像不知所措的人，扎卡里的手著迷地在比安卡身上游移。

完全無法和前世第一次發生關係時比較，甚至不敢相信對象是同一個人。扎卡里的動作執著又纏人，比安卡一點一點地融化在他手裡，只要動一下，她就會失去理智。

「啊、啊啊、啊。老公、啊……」

「比安卡……」

「啊、我快死了、啊、停、啊、老公、老公……扎卡里……」

比安卡不知道自己說了什麼，不知不覺間喊著「扎卡里」和「老公」，每一聲都讓扎卡里的動作更猛烈，讓比安卡徹底無法思考。

她張著嘴，忘了自己必須緊閉上嘴。假如平常的比安卡看見這樣的自己，一定會數落自己一點也不端莊，但此刻的她腦袋一片空白。

扎卡里舔舐著沿著比安卡下巴滑落的唾液，彷彿啜飲著甘露。他也像喝醉了一般，難以保持理智，如果毫不掩飾地展露出心中的嫉妒、欲望，比安卡說不定會被嚇跑。但要控制住如同種馬般恣意失控的欲望並不容易。

頂入甬道的性器越來越快，越來越深。原本以為絕不可能完全吞下的粗長性器插入至根部，陰囊拍打在比安卡的臀部上。隨著節奏頂入最深處的性器，比安卡的身體彷彿被重組了。頭上冒出閃爍的星光，火花四濺，全身就像被丟進火爐裡的石頭一樣燃燒滾燙。

「唔……！」

扎卡里咬緊牙關沉吟，緊抓著比安卡的身體，將自己的所有欲望注入在她的體內。不許一絲一毫流出來，維持著身體緊緊相貼的狀態好一陣子。

感受到精液在體內擴散，比安卡也揚起下巴。扎卡里拉過比安卡第二次高潮而痙攣的身體，緊緊抱住，強壯結實的身體抱住她，使她無法動彈。

令人愉悅的束縛感。她從來沒有想過和別人赤裸相擁，還汗水淋漓地相擁是如此舒服的事。有了新發現的比安卡，緩緩眨著焦點模糊的眼睛。

如果問比安卡會不會痛，她應該會搖搖頭，沒有痛到像她做好覺悟的那樣。坦白說，即便她喜歡上扎卡里，還是不期待與他之間的性行為能大幅好轉，連意料之外的高潮也令她不解。

過去心驚膽戰的回憶、重生後攸關她性命的救命繩，還有現在……將她與扎卡里連繫起來的新媒介。

這再也不是兩人為了擁有繼承人而不得不為之的行為。

至少對比安卡而言是如此。

比安卡緩緩吐出一口氣，身心靈都十分滿足，超過了容許值。睏意襲上比安卡的眼皮，開始打起瞌睡。扎卡里親吻她的臉，抱著她低喃。

「比安卡……」

CHAPTER ✣ 10.

扎卡里的氣息使比安卡的臉頰發癢，她努力想睜開眼睛卻辦不到，意識就像飄盪的魚標般晃動。扎卡里或許並未期望得到比安卡的回答，自言自語般地低聲說著：

「我再怎麼不會察言觀色，也知道妳不怎麼喜歡我。」

說不定我比你想像中還喜歡你。比安卡無聲地回答。但雙唇只有發出細微的氣息，沒有組成扎卡里能聽到的回答。聽不見比安卡的回應，扎卡里持續自言自語。

「但是，我會給妳所有熱情和真心，妳想要什麼，我都會給妳。就算要我扮成小丑也願意，所以……」

請不要拋棄我，只有一點也好，請喜歡上我吧……

但扎卡里沒有說出後面的話。不是因為從一開始就不存在的自尊心。

只是他傾盡最後一分一毫，將手中的一切當作賭注，卻不敢親眼目睹那些東西對比安卡而言不僅不是金沙，甚至還不如一粒沙。他也不知道自己是如此軟弱的男人。

現在自己說出口的這些話只是陶醉在氣氛中，表露出來的醜態罷了。扎卡里嚴厲指責自己，緊緊閉上了嘴。幸好他有自信能用沉默善後。

比安卡努力想揣測扎卡里突然停下的話語，但她完全沒有任何頭緒，睡意襲捲而來。她掙扎著想保持清醒的努力都是白費力氣，睡意在一瞬間將她完全吞沒。

就這樣，兩人成為可以互稱為老公、老婆的關係，第一次同床共枕。但兩人的思緒依舊不同。

同床異夢。

許多事已然改變，只有這一點沒變。

＊＊＊

隔天早晨，伊馮娜和平常一樣來到她房裡，要服侍比安卡起床。她的手裡拿著讓比安卡在早上潤喉的一杯紅酒、洗臉水、梳妝道具等許多東西。今天晚上有慶祝播臺賽優勝的宴會，有很多要做的事。

伊馮娜走進房間一抬頭，立刻和躺在床上的扎卡里四目相交。

昨天晚上，她有提前收到伯爵夫妻要同寢的通知，但在熟悉的空間裡看見不常出現的人，還是不由得嚇了一跳。

尤其那個不常出現的人還是半身全裸的伯爵大人。伊馮娜很慶幸自己手中的物品都還好好的。

CHAPTER ✣10.

斜躺在床上的扎卡里瞥了一眼伊馮娜，再度看向比安卡。看著翻來翻去，不停說著夢話的比安卡，他的嘴角微微勾起弧線。但或許是沒想過要碰她，扎卡里的手靜靜放著，只愣愣地望著比安卡。

伊馮娜冷靜下來，安靜地準備讓比安卡起床。雖然她收到同寢的通知，為此做了準備，但其實她很不敢相信，畢竟這件事發生得太突然。

來到首都之後，扎卡里和比安卡的關係瞬間拉近。即便如此，他們不是一直都保持著無法動搖的距離嗎？本來以為他們會按部就班，慢慢變親近，這次算是令人愉悅的偷吃步。自己服侍的主人夫妻琴瑟和鳴，不是壞事。

伊馮娜暗自咋舌，假如文森特一起來首都的話，肯定會在這種情況下高舉起雙手歡呼。

就在伊馮娜將起床事宜張羅得差不多的時候，比安卡恰好醒來。完美的時機令人分不清是比安卡配合伊馮娜，還是伊馮娜配合比安卡。比安卡在晨間陽光下揉揉眼睛，用充滿睡意的聲音問道：

「……伊馮娜？」

「是，夫人，您醒了？」

「嗯……」

比安卡打了一個大哈欠，眨眨眼睛，看到眼前是結實的男性胸膛。她嚇得彈了起來。

床上都是赤裸裸的情事痕跡，還有裸體躺在床上的他們。比安卡白皙的皮膚上布滿昨天扎卡里又咬又吸的痕跡。站在床外為比安卡張羅準備的伊馮娜慌張地直看著她，床上的扎卡里則有點困惑地看著比安卡的反應。

對，沒錯，昨天跟他上床了。

剛醒來的頭腦還無法運轉，但比安卡想起昨夜的事後，很快就找回了從容。

「比安卡……？」

「我沒事，我只是不習慣和別人一起睡覺。嚇到你的話，我很抱歉。」

「沒關係，之後習慣就好。」

扎卡里木訥地回應，但他的聲音中帶有明顯的安心感。確實，度過初夜的新娘在隔天早上大吃一驚，不免讓人心生不安。

比安卡微微笑著，用伊馮娜遞過來的紅酒潤潤嘴巴。昨天她不願在扎卡里面前全身赤裸，卻在伊馮娜面前泰然自若。伊馮娜總是照顧著她，就如同她幫忙自己更衣或沐浴一樣理所當然。

「伊馮娜，沐浴的水呢？」

CHAPTER✢10.

「已經準備好了，夫人。」

對比安卡的需求瞭若指掌的伊馮娜立刻回答。比安卡披上輕薄的披肩，打算從床上起身，卻因為雙腳發軟又跌坐回去。

「伊馮娜，妳可以幫我嗎？」

「我來幫妳。」

伊馮娜出聲之前，懶洋洋地躺在比安卡背後的扎卡里撐起身子回答。意外的比安卡還在猶豫該如何回答時，反應機靈的伊馮娜為了不妨礙他們，不忘禮數地彎下腰，快步退出房間。

在比安卡不知所措、戰戰兢兢時，扎卡里走下床。在戰場上曬黑的緊實肌膚映著陽光，閃閃發亮。比安卡以為昨天晚上已經看慣了，卻還是沒辦法在明亮的陽光下明目張膽地欣賞。無法直視的比安卡轉過頭去，扎卡里在這個瞬間抱起比安卡。

扎卡里小心翼翼地將她放入浴缸，比安卡的腳趾碰到熱水，暖意逐漸擴散至全身。滴入玫瑰精油的浴池中漂著玫瑰花瓣，散發出淡淡的玫瑰香氣。沁入鼻尖的花香與在皮膚上蔓延開來的溫暖，讓比安卡的身體放鬆下來。

扎卡里坐在床邊看著比安卡沐浴。比安卡尷尬地往身上潑水，瞥向扎卡里。直盯著比安卡的黑色瞳孔絲毫沒有動搖，過於耀眼，彷彿在期待些什麼……

比安卡終於忍不住問道：

「您也要一起洗嗎？」

話說出口，比安卡才猛然驚覺。一起洗？聽起來非常寡廉鮮恥。但比安卡沒有收回那句話，而是理所當然地揚起下巴。這樣的提議也很合理，我們現在……是真正的夫妻了啊。

扎卡里似乎察覺到了比安卡假裝泰然的外表下慌亂的內心，笑著回答：

「這樣的話，今天晚上可能就沒辦法參加宴會了。」

這句話中帶著誘惑，讓比安卡不自覺地發抖。扎卡里撿起四散在地面的衣物穿上，每當他的身體為了穿衣服而動作，肌肉也跟著晃動。她想起昨夜在自己身上粗魯動作的每一幕。比安卡滿臉通紅，用溼潤的手抹過自己的臉。

扎卡里穿好衣服後走向比安卡，用指尖輕輕抬起她的下巴。他披散的頭髮與胸前的繩結淩亂地交錯，平常總是帶著禁欲及莊重感的他，現在散發出微妙的頹廢魅力。

比安卡失神地望著扎卡里時，他將臉湊過來，在比安卡被沾溼的臉頰上輕輕一吻，低聲說道：

「待會見，我會來接妳。」

CHAPTER ✣ 10.

扎卡里一離開房間，籠罩著比安卡的緊張感才瞬間消失。她的頭靠上浴缸邊緣，深深嘆了一口氣，與新婚妻子心滿意足的模樣相去甚遠。

不久後，伊馮娜走進房間，臉上充滿了好奇。浪漫的愛情故事總會引起人們的好奇心。心裡有很多問題的伊馮娜欲言又止。

但比安卡沉思的表情讓伊馮娜實在不敢問出口。她也能明白比安卡心神不寧的反應，畢竟是結婚九年後才迎來的初夜。伊馮娜沉默不語，選擇什麼都不問，侍奉比安卡沐浴。

如果問比安卡覺得不幸嗎？那也不是。比安卡現在幸福至極。與心愛的人經歷一場甜蜜激情的性事，而且那個心愛的人不是別人，正是屬於她的男人。

她只是很害怕，現在有多幸福，將來就會陷入多深的絕望。

昨夜，他們之間的距離一下子拉近，但內心隔著遙遠的距離打轉。如果知道扎卡里在想什麼，情況會好一點嗎？然而比安卡實在沒有勇氣詢問扎卡里的真心為何。即便她深知自己必須在這時鼓起勇氣，卻不敢這麼做。

比安卡至今一直很擔心遭到背叛，不敢輕易確定扎卡里喜歡自己，現在則是擔心扎卡里不喜歡自己。真是諷刺，需要一眨眼，就足以讓她的心境從防備轉變為擔憂。

比安卡的心臟怦怦直跳，從現在開始扎卡里的每一句話、每一個手勢都會讓她患得患失……她會無法滿足於現在的關係，對扎卡里渴求更多的愛。她會在扎卡里出征的時候感到寂寞及心煩，也會在他的視線投向別處時，感覺到沸騰的嫉妒與焦急。

想到迷上費爾南的自己有多無法自拔，比安卡感到十分心痛，因為她可能會重蹈覆轍，畢竟人不會輕易改變。而且即便她很清楚這件事，卻無計可施。就算掙扎著想改變，也會發現自己一如既往而感到絕望。

至少扎卡里是個有責任感的男人，這是不幸中的大幸。他履行約定，只有比安卡這一個女人。這件事為她帶來很大的安心感。

然而這股安心感只是比安卡閉上眼睛，刻意逃避的結果。她即將面臨的未來、讓她不得不絕望的關鍵理由，不是別的，正是扎卡里的死亡……

光是想到，她就像胸口被揪緊一樣，喘不過氣。

沒錯。現在不是煩惱扎卡里的真心，或者自己的嫉妒的時候。比安卡抱住頭，她不能讓扎卡里死去。無論扎卡里愛不愛比安卡，她都必須救他，因為比安卡愛著他。

那一刻，一個念頭像閃電般掠過比安卡的腦海。

CHAPTER ✢10.

『說不定，這就是我重生的原因。』

重生之後，比安卡從來沒有好奇過自己重生的理由，只認為這是神看自己可憐，再給她一次機會而已……

但為什麼偏偏是比安卡？有非得是比安卡的理由嗎？

她重生之後，改變最大的就是和扎卡里有關的事。與一句話都不說的過去相比，現實簡直發生了天翻地覆的改變。

『我會重生……是為了救扎卡里……』

雖然只是推測，但很合理。雖然如果要明確的答案，還有很多無法解釋的疑點……例如，為了拯救扎卡里而重生的人為何非得是比安卡？

比安卡什麼都不會。她只會挑選禮服、裝飾家裡……該怎麼拯救扎卡里？

思緒繁雜的比安卡將肩膀以下都泡進水裡，漂在水面上的玫瑰花掠過她的臉頰。她吐出細小的空氣泡泡，希望冒出水面的空氣泡泡能乘載自己的煩惱，將它們送走。

不過，一定會有辦法的。

現在比安卡已經改善了和扎卡里的關係，也和父親解開了誤會。這樣一來，或許也能避開扎卡里的死亡。比安卡心中強忍著淚水，為了改變未來，雙眼閃閃發亮。

CHAPTER
11.

勝利宴會

沐浴完的比安卡在伊馮娜的服侍下，勤奮地打理自己。在宴會開始前還剩下很多時間，但要做的事也很多。

伊馮娜盯著扎卡里在比安卡白嫩的身體上留下的斑駁吻痕。輕咬和吸吮的痕跡太多，穿上禮服還是有很多地方遮不住，只在肌膚上塗抹對瘀血有效的藥草也沒辦法解決。經過各種嘗試過後，最後只能用粉底遮蓋住。

今天比安卡的服裝是綠色貢緞禮服，布料上以金絲繡上精緻的藤蔓花紋，會根據照明方向忽隱忽現。禮服上裝飾著密密麻麻的珍珠，要製作五條項鍊也綽綽有餘。

「夫人，伯爵大人說大約一小時後過來。」

「啊，加斯帕德爵士。」

加斯帕德來傳達扎卡里的話。仔細想想，這是加斯帕德晉級四強後第一次見面，再怎麼說也是自己的護衛，卻沒能為他的勝利說一句恭喜。比安卡帶著歉意說道：

「恭喜你成為四強，我覺得你表現得很精采。」

「……謝謝。」

即便輸了，對方的實力也不容質疑，至少是一場沒有遺憾的比賽。加斯帕德欣

CHAPTER ✣ 11.

然接受比安卡的稱讚，默默地點了頭。

伊馮娜拿來珠寶盒，今天的飾品統一為黑色貓眼石。珠寶盒裡閃耀著各式各樣的碎光，顏色絢爛。腰間繫上一條閃耀著金色光芒的腰帶，最後披上用純白蕾絲編織而成的長袍。

整個過程中，加斯帕德都站在比安卡的房間角落，今天似乎也會持續待命到比安卡完成準備。比安卡看著加斯帕德與平時一模一樣的服裝，歪著頭問：

「你今天也必須參加宴會，不用準備嗎？」

「不用。」

聽到加斯帕德冷淡的回答，比安卡嘆了一口氣。

「這位的話也很少呢。伊馮娜，妳會很辛苦呀。」

「請不要逗我了，夫人。」

伊馮娜紅著臉，將長袍披到比安卡身上。不過她沒有否認，看來兩人的關係有相當正面的進展。比安卡最後用微笑結束這個話題，不再逗她。

伊馮娜使出渾身解數，比安卡才得以準時完成裝扮。就如加斯帕德所說，扎卡里準時來接比安卡。

「我來接妳了，比安卡。」

今天的宴會正是為了讚揚擂臺賽的獲勝者，也就是扎卡里而舉辦。但比安卡覺得如果放任不管，他就會隨便打扮，所以事先替他挑選好了服裝。

深綠色緊身上衣突顯出結實的身材線條，用銀絲繡著和比安卡禮服搭配的藤蔓紋路，一排銀色鈕扣使衣領立起，長至大腿的皮製長靴也有銀釦裝飾。黑色斗篷披在左肩上，固定用的銀線則固定在右臂下方。他的模樣與比安卡的期待完全相符。

「真好看。事先挑好衣服值得了。」

比安卡用指尖整理扎卡里的衣服，扎卡里目光深邃地呆望著比安卡，原本垂在額前的瀏海梳到頭頂，露出來的額頭延伸至鼻梁的線條宛如雕刻作品。

「妳也很美。身體怎麼樣了？」

「我沒事。」

比安卡露出微笑。一開始面對他時，不自在的緊張感讓她心跳加速，但現在光是和扎卡里面對面交談，她的心就悸動不已。

扎卡里伸出手，比安卡的手若有似無地輕輕覆在他的手掌上，感覺就像掃過掌心。這個瞬間，扎卡里的手指緊握住比安卡的手，有如陷阱咬住了獵物。

手心傳來他的體溫、扶著自己的強健身軀、迎合她的步伐，比安卡站在這樣的扎卡里身邊，原本塞滿腦袋的想法逐一消散而去。

CHAPTER ✣ 11.

今天就先不要擔心該如何改變未來這種複雜的事情吧。

這畢竟是貴族齊聚一堂的宴會，而且獲勝者扎卡里肯定會備受關注，比安卡不能做出能讓人抓到把柄的事，得打起精神。揚起微笑的她臉頰十分僵硬。

兩人不知不覺間來到了宴會廳入口，索沃爾和羅貝爾上前迎接他們，似乎正在等扎卡里。

「您來了，伯爵大人、夫人。」

迎接比安卡的索沃爾臉上堆滿笑容。扎卡里和比安卡已經圓房的事家臣們不可能不知情。雖然不知道伯爵大人有什麼心境變化，一直以來頭疼的問題一口氣解決，他們怎麼可能不高興。

羅貝爾即便不自在，也沒有像以前那樣露出明顯的敵意。比安卡順從地接下他送的玫瑰似乎讓他大受衝擊，點頭示意的羅貝爾看起來依然十分困惑。

就在幾人打完招呼、自然地擦肩而過的剎那，扎卡里覺得索沃爾身上有種熟悉感。扎卡里皺著眉，上下打量著索沃爾，很快就發現這股熟悉感是從何而來。

「那件衣服，我好像在哪裡看過？」

「哈哈，當然了，這是伯爵大人的衣服。」

「我的衣服？」

扎卡里摸不著頭緒地反問。知道怎麼回事的比安卡不自覺地笑出聲，她的笑讓扎卡里更是困惑。

索沃爾挺起胸膛，自豪地說：

「是的。來首都之前，不是有一些夫人說要丟棄的衣服嗎？當時夫人允許我拿走那些衣服。您知道我為了不被羅貝爾那傢伙搶走，有多辛苦嗎？」

「我才不會搶走，你以為我是你嗎？」

羅貝爾嘟囔道，但他看向索沃爾衣服的眼神十分羨慕。比起免費獲得高級衣服的羨慕，更像是身為崇拜扎卡里的騎士被搶走聖物的感覺。索沃爾喜孜孜地炫耀著，像要對羅貝爾火上澆油。

「總之，您一直珍藏到現在，就得在今天這種日子穿出來吧？」

「是啊。」

扎卡里也輕笑了一聲。

如果是以前，扎卡里說不定會因為比安卡把自己的衣服送給索沃爾而嫉妒，但現在的扎卡里心胸寬闊，不會計較這種事情。

現在他的衣服是由比安卡親自挑選的，而被比安卡挑出來的衣服，就表示那是她不滿意的衣服。

CHAPTER ✢ 11.

既然是比安卡不喜歡的衣服，不管多少都可以送給索沃爾。扎卡里有了思考的餘力，能寬容地看待這件事。

以扎卡里及比安卡為首，阿爾諾家步入宴會廳。當扎卡里踏著堅定的步伐威風凜凜地入場，立刻引來所有人的目光。

塞夫朗王室的成員們成排坐在宴席的正中間，右側是塞夫朗貴族們，左邊則是從卡斯提亞來的使節團。

畫著阿爾諾家徽的掛毯，擺放在最靠近王室的位置。那原本是只有位階最高的貴族才能坐的位置，不過扎卡里位居伯爵，是戰爭英雄，還是此次擂臺賽的獲勝者，這是理所當然的安排。

扎卡里同父異母的兄長維格子爵坐在餐桌的最尾端，靠近入口的位子。縱使他受邀來參加宴會，卻沒有足夠的勢力進入上流社會。維格子爵看著走向場中央的扎卡里，雙眼通紅。

賓客紛紛進場，最後由塞夫朗的國王隆重登場，關上宴會廳的大門。國王一進場，所有人皆從座位上起身迎接。

年邁的國王坐在華麗的王座上環顧在座的人，即便年事已高，他的視線依然堅定，讓人感受道威嚴。每個人都屏住呼吸，靜靜等待他發言。

「今日的宴會是為了表揚擂臺賽的優勝者，同時慶祝我的孫子阿貝爾，與卡斯提亞國王加西亞的女兒納瓦拉王女訂婚，兩國結為同盟。請各位舉杯，分享這份喜悅。」

國王的話音剛落，負責倒葡萄酒的侍從穿梭在桌邊，在所有人的空杯裡倒入葡萄酒。待大家的杯裡都倒了葡萄酒，年邁的國王舉起杯子大喊道：

「敬塞夫朗與卡斯提亞永遠的情誼！」

「乾杯！」

賓客們齊聲呼喊，以葡萄酒潤喉。舉杯儀式結束後，樂師們隨即開始演奏，侍從端著放有食物的托盤，魚貫走進宴會廳。

餐桌鋪著白布，擺有用來切肉跟起司的砧板，後方有一張船型餐桌，放著個人用的餐具。

宴會的餐點相當精美，包括南瓜濃湯、填滿肉末的雉雞、以紅酒調味的山豬肉、不吝於使用奶油的獐子大腿肉、羔羊肉派、燉兔子肉、無花果派、奶凍、添加堅果油的蘋果慕斯、淋上蜂蜜的烤李子、牛軋糖……

在許多餐點中最使人眼睛為之一亮的，當屬用羽毛裝飾的天鵝肉。裝飾著純白羽毛，栩栩如生，鳥喙和腳部更塗上金粉，十分華麗。

CHAPTER ✣ 11.

環形手把的水壺、精緻碗盤、葫蘆瓶等小東西也都鍍上黃金，讓餐桌上光輝燦爛。海洋王國卡斯提亞應該也有許多珍貴的特產，但塞夫朗的特產是黃金。或許是第一次見到如此大量的金飾品，卡斯提亞使節團的人都驚訝得張大嘴巴。

負責餐點的侍從來回往返桌邊，為貴族們切取放在砧板上的肉品。每當負責國王料理的侍從長介紹下一道上桌的料理，人們都高聲歡呼。

隨著宴會熱鬧起來，樂師們的演奏也來到高潮，也有雜耍藝人在宴會廳中央用後空翻和魔術炒熱氣氛。費爾南也在宴會廳內，但他不是樂師，而是魔術師。這並不意外，因為費爾南勾引女人時，都會用那些魔術討女人歡心，對比安卡時也是如此。

他施展魔術，先將錢幣藏在手中，再從耳朵裡掏出來。當費爾南將吞進嘴裡的石頭變成玫瑰花抽出來，大家都因神奇而發出歡呼。比安卡只順應氣氛，拍了拍手，扎卡里見狀卻誤以為她覺得魔術很新奇，在她耳邊低語：

「如果妳喜歡魔術，我們可以在妳無聊的時候把魔術師叫到領地。」

「不，我不怎麼感興趣。」

比安卡斬釘截鐵地說。如果是以前的比安卡，一定會為眼前的魔術表演大聲歡呼，但現在的她非常討厭魔術。比安卡皺著眉轉過頭去。

不知道費爾南是如何揣摩比安卡內心的，竟將魔術變出來的玫瑰獻給比安卡。雖然大家都很羨慕，但比安卡只覺得噁心。

比安卡不得已收下玫瑰，費爾南則對她暗送秋波。比安卡整張臉皺成一團，就算後來為了維持形象而試圖藏起臉上的嫌惡，但為時已晚。比安卡煩躁地將玫瑰丟到桌子一角。

不管人們怎麼想，扎卡里滿意地看著比安卡的反應。從費爾南拿著玫瑰走向比安卡的瞬間開始，扎卡里的表情就變得很僵硬。幸好他從以前就總是這副冷酷的表情，沒有明顯表露出不悅。

但比安卡一扔掉收到的玫瑰，扎卡里的嘴角立刻勾起微笑，終究還是表現出他很不滿費爾南接近比安卡。結果夫妻倆都一樣沒有控制好表情。

費爾南在那之後也偷偷瞄著比安卡，表情看得出他已徹底誤會，認為比安卡丟棄玫瑰的行為是在暗示他，或者是在看扎卡里的反應而故意做出誇張的動作。

『到底要怎麼做才可以像那樣活在錯覺裡？他是真的以為我現在是放著身邊的丈夫不管，對一個像乾癟鯷魚的吟遊詩人感興趣嗎？』

比安卡咂嘴一聲。

她想起昨天晚上扎卡里抱住她的結實身軀，雙頰發燙。雖然她前世確實不管扎

CHAPTER ✣ 11.

卡里，對這條乾癟鯷魚感興趣，但她也是對這件往事最為後悔的人。比安卡為了不讓視線轉向費爾南所在的宴會廳中央，刻意把頭埋進餐桌，往嘴裡塞食物。

扎卡里看到比安卡反常暴飲暴食的模樣，擔心地勸阻她。

「吃慢一點。那個，這裡再倒一點葡萄酒。」

扎卡里親自喚來侍從，替比安卡的杯子斟滿葡萄酒。一位看著他們的貴族人士帶著感嘆，悄聲說道：

「真是沒想到阿爾諾伯爵是如此溫柔的丈夫，對伯爵夫人十分用心。」

「是啊。在擂臺賽的時候也非常浪漫，完全想像不到伯爵大人是這麼懂浪漫的人。」

「是因為伯爵夫人非常美吧？能理解阿爾諾伯爵為何至今一直將夫人藏在領地裡了。」

大家彷彿都在等著某人開啟話題，一提到關於比安卡的話題，對話的節奏便變得相當快速。

比安卡是這次宴會最受矚目的人，她本身卻完全不喜歡這種狀況。她很清楚自己的外貌並不像他們說的那麼光彩動人，所以這件事對她來說就無異於做苦工。

她的外表，她本人最清楚。那些人會如此過度吹捧比安卡，不僅因為她是第一次在首都露面，也只是將這些稱讚當作藉口而已。

怎麼說？當然是將她推到高峰，藉此貶低奧黛莉王女！

「結婚的時候，年齡一定相差許多吧。」

「阿爾諾伯爵一定也沒想到會有這麼好的事吧。」

「就是說啊，奧黛莉王女大人至今都被稱為塞夫朗的玫瑰，看來這個稱號得換人接手了。」

無趣的對話。即使不能當著愛護奧黛莉王女的國王面前，明目張膽地中傷王女，但他們的意圖十分明顯。

這些話一點也不好笑。任誰來看，都是奧黛莉王女更漂亮。宛如蜂蜜流淌的金髮、在深邃眼眸下的閃耀藍眼、有如牛奶的奶油肌膚。即使再過幾十年，奧黛莉王女也值得「塞夫朗的玫瑰」這個稱號。

但王女對男人沒有興趣，高傲地連一點空隙也不給。在塞夫朗有許多因為向她求愛，遭到無情拒絕而懷恨在心的人。這些男人們下流地盤算著，如果奉承比奧黛莉王女更年輕、有氣質的淑女比安卡，讓奧黛莉王女的風評變差，說不定就能更靠近她一點。

比安卡面無表情坐在大聲討論她的人們之間。以她知道的奧黛莉王女，並非會

CHAPTER ✣ 11.

拿這些瑣碎的對話為藉口，對比安卡產生敵意的人，但比安卡自己再也聽不下去。在過於熱烈的氣氛中不曉得還會出現怎樣的對話，需要在此打斷。

但就像在嘲笑這樣的比安卡，在她開口介入前，這個話題就往完全不樂見的方向發展。

「那個雜耍藝人也是看中了阿爾諾伯爵夫人燦爛的美貌，才獻上玫瑰的不是嗎？」

「啊，講到玫瑰，雅各布王子大人也在擂臺賽上將玫瑰送給阿爾諾伯爵夫人呢。難道他們平常有什麼交情……」

說那句話的人正是維格子爵。坐在遠處的維格子爵說得很大聲，連不關心比安卡話題的人都看向她。成功引起大家注意的維格子爵，瞥了比安卡一眼後露出別有意味的笑容，陰險的笑容使寒意竄上背脊。

比安卡不可能沒有意會到維格子爵提問中的惡意。他有什麼陰謀？比安卡皺起眉想反駁，雅各布卻裝模作樣地搶先插話。

「哈哈，只是我崇敬夫人而已。伯爵夫人的美麗偷走了我的心。」

雅各布接下維格子爵的話，表情極為張揚，彷彿早就知道這支箭會射到自己身上。

雅各布王子將玫瑰獻給比安卡本來就不尋常，是可以預料到的話題，但比安卡本能地察覺到雅各布主導著這番對話的走向。肯定是他指使認識的維格子爵來引導話題。

比安卡暗自嘲笑著雅各布，非常清楚他死皮賴臉的背後，一定有什麼計謀。他假裝喜歡自己有什麼好處？不過只要比安卡堅定地保持理智，雅各布的陰謀就不會如願。

比安卡不覺得雅各布喜歡自己，因此俊俏王子的甜蜜告白讓比安卡十分冷靜，反倒覺得他舔舐自己的執拗視線很可怕。

大家聽到雅各布裝腔作勢的話，都「哈哈哈」地笑了起來，但他們的笑不可能沒有別的意思。不管宮廷戀愛多麼流行，比安卡的丈夫扎卡里都坐在她的身邊。這些人看著扎卡里的臉色，笑容裡藏著一絲忌憚。

與此同時，扎卡里就像一場暴風雪般靜靜地看著事態發展。他面無表情，難以捉摸，這些口無遮攔的人擔心起自己是不是說錯了什麼話，緊緊閉上嘴巴。腦袋比較清楚的人則試著阻攔雅各布。

「不過，王子大人。比起宮廷戀愛，您還是把心思放在結婚上，生下後嗣怎麼樣呢？」

CHAPTER ✣ 11.

「結婚算什麼？」

「可是……」

「都是成年人，有什麼問題呢？只要對方同意，我也只要享受就好。」

雅各布反而越講越大聲。就算宮廷戀愛已是眾所皆知的事，但也不是可以在這種宴會上高聲談論的事，尤其是超過三十歲還未婚的王室男子。年邁的國王皺起眉間。

一國之君必須謹言慎行。萬一胡亂介入，可能會引起英雄扎卡里的反感，或是被卡斯提亞抓到把柄。國王不悅地看著平白找碴的二兒子。

就在所有人察言觀色的時候，一直保持沉默的扎卡里突然開口。他的嗓音緩和冷靜，每一個用詞卻都難以忽視。

「對不屬於自己的事物產生貪念，如果在戰場上，掉幾次腦袋都不夠。」

「這裡不是戰場，而是首都的王城。」

「王城不也是某種意義上的戰場嗎？」

雅各布淺笑著假裝不在意，但扎卡里也不是好惹的。扎卡里與雅各布的視線交會，迸發出火花。不僅如此，扎卡里的三名副將認為主君受到汙辱而瞪大眼睛。

氣氛殺氣騰騰，彷彿下一秒就會拔刀相向。兩人都不願意退讓一步的這場氣勢之爭，讓整個宴會場像被澆了冷水一樣，氣氛頓時冷卻下來。樂師們也在意著扎卡里和雅各布的臉色，彈奏琴弦的手慢了下來。

「王子大人，我的妻子對您的追求感到不悅。您是真的崇拜我的妻子嗎？您知道那些不經思考的話讓我的妻子很困擾嗎？您現在的舉動不是戀愛，而是無謂的執著。」

如此反問的扎卡里毫無波瀾，聲音也相當平靜。他的表情難以捉摸情緒，但有一個明顯的破綻，在桌子下方緊緊握起的拳頭明顯透露出他的憤怒，手背上突起青筋，不知道握得多用力，不願和雅各布談論有關比安卡話題的厭惡之情表露無遺。

這樣的扎卡里讓比安卡很擔心，伸手輕輕撫過他的手背。手背上柔嫩肌膚帶來的溫度讓扎卡里鎮靜下來後，反倒湧起一股燥熱。扎卡里很清楚這種觸感是碰上赤裸肌膚的感覺，光是假設有可能與他人共享這股觸感就感到火大。

經過昨夜，他們成為無可反駁、名副其實的夫妻了。但扎卡里依然相當焦躁，心裡完全沒有餘裕，反而更加渴望、著急。

扎卡里對雅各布說得很了不起，自己心中卻充滿執著與嫉妒，大概只差在扎卡里的執著有丈夫的名分。連比安卡的一個視線都翹首以盼的扎卡里，自然不可能對覬覦比安卡的雅各布有好臉色。他忍受著理智受到燒灼的痛苦，因憤怒而雙眼發出森冷的藍光。

兩人之間的氣氛一觸即發。這是不需要年邁國王出面的瑣碎小事，但又不是可以就此帶過的普通事件，最後是大王子高堤耶伸出援手。

「哈哈。這應該是我第一次聽說雅各布對女人感興趣呢，所以好像不懂得保持距離。他沒有折辱你或伯爵夫人的意思，請阿爾諾伯爵寬宏大量的諒解。」

高堤耶努力緩和氣氛，扎卡里和雅各布兩人還是互看不順眼，但大王子都親自出面了，不能讓他的努力白費。扎卡里冷淡地點了點頭，雅各布則閉上嘴，結束這場對話。

然而，話題依舊著重在比安卡身上。高堤耶王子出面緩和剛才劍拔弩張的氣氛，沒有人再像剛才那樣高聲談話，但還是彼此交頭接耳地說著。

「……可是一定有什麼關係，才會讓二王子有那種反應吧？」

「對了，那個護衛騎士也是……」

「是那個把玫瑰送給侍女的護衛騎士嗎？他把玫瑰獻給侍女，卻和伯爵夫人是那種關係？」

「也有可能是別的護衛騎士。」

謠言會引來另一個謠言。比安卡在這些宛如耳邊風吹過的細微聲音中，聽見自己和加斯帕德說不定有不正當關係的傳聞，不禁嗤之以鼻。真是荒唐，我和「那個」加斯帕德？

剛才比安卡被懷疑和雅各布的關係時，阿爾諾伯爵家的人都一臉僵硬，這次卻都覺得荒唐到發笑。當事人加斯帕德只微微皺起眉頭，連收到告白的伊馮娜都忍不住笑意。

但不能就這樣一笑置之。他們不停談論比安卡，聽起來就像意圖在她身上烙上烙印。聽到這些暴露出某人險惡內心的謠言，皺著眉頭的扎卡里本想說些什麼，比安卡卻對他搖搖頭。

「別這樣。」

扎卡里靜靜望著比安卡，似乎不理解理由。他的目光帶著煩燥的光芒。

「妳打算默默聽著那些不像話的謠言嗎？」

比安卡微微笑著拉了拉扎卡里的衣袖，扎卡里的身體輕易地順著比安卡的動作往下傾倒，比安卡悄聲在扎卡里湊近的耳邊說道：

「收成本來就要在成熟的時候進行。」

比安卡的嘴角微微上揚。她雖然討厭麻煩又惹人嫌的事，卻也不是會乖乖讓人攻擊的軟柿子。

比安卡也知道有人針對她充滿惡意的傳聞。即使一直到現在比安卡都足不出戶，只有流言滿天飛，今天她總算站在眾人面前，如果真的要讓她困擾，對方怎麼會放過眼前這個機會？比安卡看準的就是對方露出真面目的那一瞬間。

扎卡里不明白比安卡的意圖，看起來依然無法接受，卻聽從比安卡的阻止，保持沉默。

跟比安卡傳聞有關的當事人們全都保持靜默，沒有給大家討論的話題，氣氛很快就冷卻下來——也是因為扎卡里用凶狠的目光環顧全場。

雖然比安卡說不要回嘴，但沒有阻止他瞪人，所以他用凌厲的眼神看向席間的每個人。那些人被這道目光刺上，一個個都閉上了嘴，關於他們的話題也很快就淹沒在音樂及其他話題中。

宴會持續進行，男人們談到有關狩獵的話題。

狩獵是貴族男士們喜愛的遊戲，騎著馬追逐獵物時，男士們心中會湧起英雄般的成就感，飼養老鷹並參與狩獵的貴族女人們也能感覺自己彷彿化身為神話裡的女戰士。即使他們的成績不盡理想，熱衷於狩獵的貴族們依然誇耀著自己的戰績。

「馬上就是夏天了，到時候不是會舉辦狩獵大會嗎？真是期待啊。這次我一定會抓到野狼。」

「哈哈，子爵真是心比天高啊。那我也不能輸，野狼是屬於我的。」

他們口沫橫飛地細數著狩獵到的獵物，但無論他們再怎麼誇耀，也不是扎卡里的對手。

「就算我們抓了一堆野狼，只要阿爾諾伯爵在下次狩獵中抓到熊就沒戲唱了啊。」

「沒錯，阿爾諾伯爵在上次的狩獵中，竟然抓到一隻熊啊。我還聽說伯爵獻上的熊皮到現在裝飾在陛下的寢室裡……」

話題自然而然地來到扎卡里身上。擔心扎卡里會把獵物一網打盡的男人們，露出虛假的笑容。

「哈哈，阿爾諾伯爵應該會適度放水吧。」

「哎呀，你看看這次擂臺賽，就因為和伯爵夫人連袂出席，不就完全不顧情面地打倒了對方，不是嗎？」

話題再次轉向比安卡，不過他們或許還沒忘記剛才那緊張的氣氛，男人們在熱烈討論的氣氛中，一直看著扎卡里的臉色。

CHAPTER ✢ 11.

話。

然而這是僅限於男人間的事，逐漸從主要話題脫離的女性們紛紛向比安卡搭

「伯爵夫人有狩獵過嗎？」

「不，我剛開始學騎馬沒多久。」

「天啊，騎馬不是基本素養嗎？」

其中一位貴族夫人聽見比安卡的回答，誇張地大吃一驚，拉高音調。比安卡對對方的身分沒有印象，但比安卡的侍女伊馮娜記得一清二楚。她是先前遇見安特的時候，同行的貴族之一。

她是沃爾奈子爵的千金賽琳娜。一起行動的其他貴族女性都已經結婚，依舊未婚的她則夢想著與優秀的男子共譜羅曼史而來到首都。

可是所有男人的注意力都集中到阿爾諾伯爵夫人身上。假如比安卡像奧黛莉王女一樣美麗，她可能還不會那麼傷心。但在她眼裡，比安卡一點特別之處都沒有。只是因為二王子對她調情，男人們就一律覺得她是高貴的女人，纏上她。她身上奢侈的服飾也令人羨慕。每次看見比安卡，賽琳娜的自尊心就遭受到打擊。

而且對比安卡懷有不滿的人不只有賽琳娜，其他女人也接下賽琳娜揭開的帷幕。

「那您也不會飼養老鷹吧？」

「連馬都騎不好了，更不可能養老鷹吧。」

「哎呀……我們這些人經常一起參加老鷹狩獵，可惜阿爾諾伯爵夫人不能同行了。」

他們貶損比安卡連飼養老鷹這種程度的素養都沒有，大家你一言我一語，訕笑著偷看比安卡，想知道她會如何應對這樣的羞辱。會不會皺起整張臉、氣得滿臉通紅瞪著他們？還是會羞愧地低下頭假裝柔弱？

但他們都猜錯了。比安卡若無其事喝著葡萄酒。淡綠色瞳孔看起來一點也不在乎，感覺就像沒有聽到他們的對話。

反而是她的丈夫扎卡里氣得臉紅脖子粗。但男士介入女人們的對話並出言威脅是違反禮數的行為，扎卡里煩惱著該如何替她辯解，又不會造成比安卡的困擾。但扎卡里找不到適當的方法，能感覺到他在冷漠的神情下咬緊牙關。

比安卡伸出另一隻沒有拿著葡萄酒杯的手，在桌子底下輕拍了拍扎卡里的大腿，動作就像撫摸情緒激動的小狗頭部，僵直緊繃的大腿也稍微放鬆下來。

眼見比安卡沒有特別的反應，攻擊她的那些人開始慌張。賽琳娜的眼尾惡狠狠地上揚，彷彿盯上比安卡弱點的鬣狗，針對性地質問比安卡。

CHAPTER ✣ 11.

「伯爵夫人的興趣是什麼呢？」

「不好意思，我沒什麼興趣。」

「怎麼可能。貴族女人不是應該有一、兩個興趣嗎？」

聽到誇張地大聲嚷嚷的聲音，比安卡輕嘆一聲。

本來還打算仔細觀察是誰在背後放出謠言，對方卻如此大張旗鼓地暴露自己的存在，真令人驚訝。至少應該放下心來，慶幸事情變得沒那麼麻煩了嗎……

仔細一看，他們起鬨的方式是以沃爾奈子爵千金賽琳娜丟出的無禮發言為主軸，吉爾達德男爵夫人和其他人抓著話柄糾纏不放。和他們在一起的達沃維爾伯爵夫人凱撒琳，則是左右為難、假意配合地夾在這些人之間。

她們對比安卡懷有敵意，或許是因為比安卡既不參加她們的聚會，也不和其他人社交，獨來獨往的態度讓他們看不順眼。

對比安卡而言，只是沒有多餘的心思花在那些社交上，在他們眼裡卻扭曲成比安卡獨自裝清高。但比安卡當然不可能承受著壓力和他們打成一片，雙方的關係也就這樣得不到緩解。

最後還是得由比安卡親自開口解決這個局面。要怎麼做才能有效對付她呢？比安卡思索一番，故作泰然地回答。

「我通常都用針織或刺繡打發時間。」

「您真是節儉。今天穿的禮服也是您親手刺繡的嗎？」

吉爾達德男爵夫人嘲諷似地說道。刺繡或針織只是貴族的基本素養，不能算是興趣。又不是窮苦到要靠縫紉維生，問貴族仕女是不是親自為禮服刺繡是一種汙辱。

聽到這令人惱怒的挑釁，比安卡還是平靜地回答：

「幸好我們家族的女僕刺繡手藝都不錯。」

「說得沒錯，禮服上的刺繡真的很精緻呢。」

大王子妃感覺到氣氛不對勁，尷尬地笑著插話。但她一說完，眾人充滿敵意的話又如潮水不停湧來。

「這是用了金絲嗎？還用了綠色貢緞……這應該價值不斐吧。」

「就算有人說她把飼養老鷹的錢全部拿來買禮服，我也會相信。」

「如果是這麼好的禮服，應該可以換到五隻養得很好的老鷹吧。」

面對一對多，遭到接連質問的情況，普通人應該會畏畏縮縮，一句話也不敢說，但比安卡反而冷笑了一聲。

飼養一隻能進行狩獵的老鷹也要花不少錢。但飼養老鷹是素養，投資禮服就是

CHAPTER ✣ 11.

浪費錢？真是一點也不好笑。對不富裕的人來說，這兩件事情都是浪費錢，哪有階級上的差別？而且如果有錢，那些人也會想要訂製這種禮服吧。

將刺繡說成興趣的時候，被當作是窮光蛋，說這是女僕替自己繡的，又成了奢侈的女人。既然要批評她，就堅持咬住一點來製造輿論啊。想要從各方面詆毀比安卡的欲望，讓他們的言論自相矛盾。

不過場內不是只有對比安卡懷有惡意的這些人。從宴會開始的時候，她們就看著比安卡的服飾欲言又止，卻因為不熟而不敢開口。她們就趁這個機會，也紛紛向比安卡搭話。

「阿爾諾伯爵夫人，這件白色外袍是什麼呢？我第一次看到……這和您在擂臺賽中送給阿爾諾伯爵大人的手絹是一樣的嗎？」

她好奇的東西正是蕾絲。扎卡里在擂臺賽獲得優勝時，將黃金玫瑰及白色蕾絲手帕一起遞給比安卡的瞬間，周遭的貴族女人們視線就立刻定在手絹上。

藏在騎士懷中的手絹，原本應該是由淑女贈送的。每個人都想問那條手絹的主人比安卡究竟那是什麼東西？又是從哪裡得到的？

阿爾諾伯爵夫人以足不出戶聞名，如果想找機會詢問，只能趁今天的宴會。仕女們觀察著情況，想找到自然搭話的時機時，賽琳娜一夥人卻不斷說著無禮的話，讓她們十分焦急。

蕾絲也是比安卡期待的話題。將蕾絲手絹送給扎卡里，也是為了讓蕾絲成為焦點而鋪路。編織如此大件的蕾絲長袍，並穿在身上讓所有人看見也是其中一環。

該怎麼說明，才能讓蕾絲聽起來更神奇、更有價值呢？比安卡斟酌著回答，希望能盡可能增加蕾絲的價值。煩惱怎麼回答才能讓別人接受自己說的話，這對不在意別人眼光的比安卡而言是相當陌生的事。

就在比安卡整理好思緒，以最從容的模樣微笑著要開口回答的瞬間，賽琳娜又搶先插話。

「那條項鍊是黑色貓眼石嗎？看來阿爾諾領地的收入都花在伯爵夫人的禮服上了，伯爵大人難道沒有說什麼嗎？」

「我們領地的收入遠不止這些，沒關係的。」

面對令人不悅的聲音、冒犯的話題，比安卡依然從容地回答。但比安卡的內心並不平靜。她可以不追究剛才的事，但當她想宣傳蕾絲的時候，卻遇到莫大的阻礙。比安卡勾起嘴角，這次的事她再也無法放任不管。

「而且我丈夫對於這些事從來沒有任何意見。反倒只有說禮服很合適，問我要不要再買一件。」

CHAPTER ✣ 11.

比安卡覺得荒唐地笑出聲。此時的阿爾諾伯爵相當淡定，沒有對比安卡的話感到意外或面有難色，證明比安卡所言不假。

看到比安卡笑得像賽琳娜愚蠢的發言非常可笑，心生不滿的賽琳娜氣得滿臉通紅。如果比安卡的話屬實，阿爾諾伯爵真的是個完美的丈夫。賽琳娜正因為找不到滿意的夫婿人選而提心吊膽，那種上不得檯面的女人竟是阿爾諾伯爵的妻子讓她十分嫉妒。

其他女人則看向自己的丈夫。或許是因為大部分都是責難的眼神，丈夫們只假咳幾聲並悄悄避開視線。

比安卡確定自己握著主導權後，本能地意識到一定要藉著這個機會，徹底打壓對方。她用冰冷的淡綠色瞳孔掃視四周，說：

「我知道關於我的傳聞傳得沸沸揚揚，但我很懷疑其中有多少真實性。我不擅於社交，來首都遇見的人也屈指可數，但在場的所有人似乎都知道一些連我自己都不清楚的事，令我非常吃驚。」

比安卡此話一出，氣氛立刻冷了下來。大家心虛似的閉上嘴，看著比安卡的反應。

比安卡誇張地嘆一口氣，歪過頭。她的頭髮隨之流向一側，露出白皙的頸部，看起來就像低著頭的小鹿般淒涼。

「嗯……我無意對那些傳聞追根究柢，反正我不怎麼在意別人是怎麼說我的。不過像這樣在所有人都在的場合，帶著某種意圖而過度譏諷的舉動，我想應該不符合禮數吧。」

比安卡這麼說著，視線看向賽琳娜，明顯示意自己說的是誰，所有人也跟著注目著賽琳娜與她的同黨。突然受到矚目，賽琳娜驚愕地大喊：

「妳別假成可憐的受害者，阿爾諾伯爵夫人！我們知道妳的真面目！」

「什麼真面目？」

終於上鉤了。比安卡拚命忍著想開心大叫的衝動，裝出毫不知情的樣子眨眨眼睛。

比安卡淡然的反應反倒讓賽琳娜語塞。雖然她不自覺地如此誇口，但找不到任何能在宴會中公然指責她的錯誤。個性差勁、沒禮貌等等都只不過是在背後說長道短而已，不足以拿出來公開指責。

有什麼適合拿出來講的事嗎？賽琳娜緊緊咬住下唇，目光看到了凱撒琳。那一刻，腦袋裡有了想法！最適合用來羞辱比安卡的確切情報，讓賽琳娜擺脫茫然無助的情況，甚至讓她懷疑自己為什麼會忘記這件事。

CHAPTER ✣ 11.

雖然不知道提起這件事，對她而言究竟是不是個好主意，但賽琳娜信心十足。賽琳娜傲慢地揚起下巴，像在看不起比安卡。

「伯爵夫人，聽說您有疑心病？」

「什麼？」

這個問題太過荒唐，比安卡不耐煩地反問。一直在旁邊聽著的扎卡里也似乎也不滿地皺起眉頭。竟然說比安卡有疑心病，沒有比這個更不適合她的詞彙了，這個說法比人們懷疑比安卡與加斯帕德的關係更可笑。了解比安卡的人嘴角都開始抖動。

布蘭克福特伯爵也感到意外，臉上的笑容消失。他不是相信比安卡有疑心病，是沒想到竟然會有人如此敵視比安卡。

布蘭克福特伯爵知道比安卡的個性有點難相處，不容易取得別人的好感，畢竟比安卡本來就不喜歡與人來往，所以不怎麼在意……但剛才被懷疑出軌，現在竟然被說是疑心病，自己的女兒突然變成了女性公敵，讓他驚訝得說不出話。

但他暫時不開口，先靜觀其變。他相信比安卡可以處理好這件事，而且在這危急時刻，必須挺身而出的人不應該是他這個父親，而是比安卡的丈夫扎卡里。當然，如果情況需要，他也打算毫不猶豫地為比安卡出頭，比安卡的哥哥若阿尚也有同樣的想法。

賽琳娜對比安卡周遭人們的心思渾然不覺，窮追不捨地繼續追問，深怕錯過這次機會。

「聽說女僕們只是看了阿爾諾伯爵一眼，就被您鞭打後趕出領地？您究竟有多殘忍？我聽說您在酷寒的冬天鞭打小小的女僕，再扒光她的衣服把她趕出去。」

賽琳娜說的明顯是安特被驅逐時發生的事。比安卡早就知道安特和這些人在一起，因此賽琳娜會說出這些話也不令人吃驚。

但與神情自若的比安卡不同，扎卡里皺起眉。他知道事情的真相，所以看到比安卡因為扭曲的謊言而遭到責罵，讓他相當憤怒。一件禮服和珠寶根本無所謂，為什麼比安卡非得聽到這些話？他不是為了讓比安卡受到如此對待才帶她來參加宴會的。

怒不可遏的扎卡里正想開口澄清扭曲的傳聞，比安卡卻搖搖頭阻止了他。扎卡里木訥的臉上閃過委屈的神情，詢問著「到底為什麼完全不說話？」的目光安慰了比安卡的心。

比安卡的態度被賽琳娜認為是心虛服軟，更得意洋洋。這是當然了，一定是被說中才安靜下來吧？賽琳娜為了徹底打壓比安卡，決定趁著這時要求傳喚證人。

CHAPTER ✢ 11.

「達沃維爾伯爵夫人，叫那個侍女過來。」

子爵千金像在命令伯爵夫人的態度，讓周遭的人們皺起眉頭。然而此刻，以為自己把比安卡逼到絕境的賽琳娜完全看不到周遭。

凱撒琳聞言，猶豫著要不要叫安特過來。阿爾諾伯爵夫人沒有做錯任何事，賽琳娜只是自私地想要毀掉比安卡的名聲罷了。

凱撒琳知道賽琳娜內心十分嫉妒阿爾諾伯爵夫人，但沒想到她會惹出這樣大的事。凱撒琳驚慌地眨著眼睛，卻沒有信心可以反駁賽琳娜宛如脫韁野馬的凶猛氣勢。賽琳娜瞪大眼睛，催促著凱撒琳。

「快點。」

唯唯諾諾的凱撒琳說不出拒絕的話，最後不得不叫來安特。

「……安特，沃爾奈子爵千金找妳，快過來。」

服侍凱撒琳，站在身後一步之遙的安特咬緊牙關，對無法好好保護自己侍女的夫人感到心寒。雖然她一直利用凱撒琳優柔寡斷的個性占盡便宜，如今卻十分埋怨。

當她在說比安卡的壞話時，也沒想過會發生這種事。只是認為比安卡毀了自己的人生，想讓她吃點苦頭而已。

果然不該自以為是。問題就出在雙方於大王子妃的庭園中偶遇時，安特因為比安卡不認得自己而生氣，才在氣頭上衝動闖禍。

安特目光顫抖地偷瞄向比安卡。如蠟像一樣沒有血色的純白臉龐，正毫無波瀾地看著她。親手不斷抽打她的時候也是那副表情。這蛇蠍一般的女人、惡魔一般的女人……

安特的思緒紊亂。可以確定的是，比安卡絕對不會放過她。安特全身泛起雞皮疙瘩，就像被綁著脖子、拉向屠宰場的豬隻一樣，猶豫不決地往前走。

賽琳娜毫不了解安特的心情，她不過就是一個侍女。只要這個侍女依照她的指示，在所有人面前說出比安卡的缺點就可以了。賽琳娜得意洋洋地催促安特。

「來，妳說說看。阿爾諾伯爵夫人在領地裡做了什麼事？」

「那、那個……」

安特猶豫地看著比安卡的臉色，不敢輕易開口。儘管周遭的人們是流出比安卡的醜聞、詆毀她，安特也很清楚大部分都是假的。但萬一她說自己什麼都不知道，會玷汙讓她站上這個位置的賽琳娜的名聲，賽琳娜不會放過她。

她的主人是凱撒琳，但她對凱撒琳沒有任何期待。畢竟舉棋不定又過於懦弱的凱撒琳明明是伯爵夫人，卻因為子爵千金的一句話，就把自己推出來了啊。萬一在場的人強烈要求處罰安特，凱撒琳也無法保護她。

早知道事情會變成這樣，就應該先拉攏達沃維爾伯爵，讓他站在自己這一邊了。在首都時都沒能如願找到機會，本來以為這場宴會是個好時機，卻又惹禍上身。

這次說錯一句話，就真的完蛋了。安特站在賽琳娜與比安卡之間，用力嚥下口水。她的舌頭不停顫抖，說不出話來。

「那個……」

會場裡的每個人都注視著安特。人們的目光在安特、比安卡與賽琳娜之間徘徊，猜測這位侍女究竟為什麼會被叫出來。難道剛才賽琳娜提到在寒冷的冬天被抽打、扒光衣服趕出去的侍女，就是這個人嗎？

在美女如雲的首都，安特客觀來說也算漂亮。看到這樣的安特看著貴族女人們臉色的可憐模樣，許多男人都感到不捨。

即使氣氛因為同情安特而吵雜起來，比安卡也毫不在意。她瞥了一眼不知所措的安特，心平氣和地開口：

「好久不見了。這個狀況可以認定是妳口無遮攔造成的結果吧？」

比安卡努力壓抑上揚的嘴角。不可能不開心，這就是她想要的結果。

比安卡一直適度反擊賽琳娜的挑釁並刺激她，就是為了這一刻——將安特這個謠言的根源拉到所有人面前！

大多數的人並不關心比安卡揹負什麼汙名。對他們而言，這只是茶餘飯後的一些話題而已。如果比安卡親口澄清，也不會有任何人在意，最終會變成無人理會的回音。

所以她將事情鬧大，引起人們的關心，把必須為了這些騷動道歉的敵人拉出來。

比安卡也不是對賽琳娜或安特懷恨在心。只是比安卡需要一個人，能完全擔下一直以來緊跟著她的謠言，畢竟消除謠言最有效的辦法，就是完完整整地推到另一個人身上。

坦白說，比安卡對關於自己上的那些離譜謠言沒有什麼想法，因為她已經習慣了。不是所有人都喜歡自己，這件事比安卡比誰都清楚，旁人說三道四的那些話也沒有對她造成什麼傷害。

但她不能因為關於自己的謠言，讓阿爾諾家和布蘭克福特家的名號也受到玷汙。

比安卡深深吐出一口氣，視線從低著頭，一句話也說不出來的安特身上移開，將矛頭轉向賽琳娜。

「她是因為對我丈夫懷有逾矩的欲望，說出藐視我的妄言才被趕出去的。千金知道這件事嗎？」

「不、不知道……」

賽琳娜結結巴巴，發現事態發展變得很奇怪。不知何時，站在她面前的女僕從可憐的被害者，變成了覬覦別人丈夫的狐狸精。

再加上扎卡里的反應證實了比安卡說的話。雖然他一直保持沉默，但他宛如利劍瞪向安特的冰冷眼神，散發著想立刻砍死安特的殺氣。

眾人意識到情勢發展，竊竊私語的聲音逐漸變大。原本憐憫安特的男人們轉過頭去裝作沒這回事，女人的眼裡都閃著銳利的光芒。

晚一步才發現事態嚴重的賽琳娜臉色鐵青。再這樣下去，名聲會毀於一旦的人不是比安卡，而是她自己。

輿論依照比安卡所想發展，但她沒有輕易透露喜悅之情，冷靜地繼續說道：

「而且，竟然對隨口對其他領地說出過去所屬領地的內情……把這種輕率無禮的人放在身邊，不是明智的決定啊，達沃維爾伯爵夫人。」

比安卡直接忽視賽琳娜，對凱撒琳說道。她對凱撒琳沒有惡意，只是覺得她識人不清，不僅把安特這種不知天高地厚的人當成侍女，更讓自己被子爵千金或男爵夫人利用，當成擋箭牌，讓比安卡實在看不下去。

比安卡在選用親信這件事上也不是專家，沒資格提出建議。其實她在管理女僕這件事上也沒有天分。

但除了她之外，有誰會對達沃維爾伯爵夫人說難聽的實話嗎？不然她也不會變成現在這副模樣。決定插手這件事的比安卡，毫不猶豫地勸道：

「為了找到好的女僕，了解她為什麼會從上一個職場離開是很重要的。要放在身邊的侍女更是如此。另外，您也考慮一下一起相處的人的品格怎麼樣呢？我希望您不要因為和這些會被謠言煽動、草率行事的人在一起，毀了自己的名譽。我也非常清楚，達沃維爾伯爵夫人應該是思慮周全的人。」

比安卡的語氣冷淡，每說一句，凱撒琳的頭就越低。她的臉就像紅色頭髮一樣紅。

比安卡瞥了一眼坐在凱撒琳旁邊的達沃維爾伯爵。在梳得端正整齊的黑髮下，白淨端正的臉龐滿是愉悅。他彎曲的眼眸看起來就像心中對現在的狀況非常滿意。

這確實很奇怪。妻子在宴會上被別的女人數落，從某方面來說也跟家族名譽有關，他卻如此欣喜……比安卡微微皺起眉，不懂他在盤算什麼。

CHAPTER ✣ 11.

不過這是達沃維爾伯爵夫妻之間的事，比安卡不在意。達沃維爾伯爵夫妻的關係特殊，就和比安卡和扎卡里兩人之間的關係一樣有名，連對他人漠不關心的比安卡都知道。

達沃維爾伯爵是達沃維爾家的入贅女婿，而達沃維爾家是名望極高，足以媲美布蘭克福特家的名門。女人也不是不能繼承家族，而是獨生女凱撒琳的個性過於怯懦，如果達沃維爾家傳到她手中，一定很快就會家道中落，所以前任達沃維爾伯爵幾番精挑細選，最後選定的入贅者即為現任的達沃維爾伯爵。

前任達沃維爾伯爵的眼光似乎沒有錯，他相當盡心盡責。在這個刀劍比筆桿更有力的年代，他作為文官有很大的影響力，成為大王子派的另一個棟樑。扎卡里被稱為鐵血騎士，達沃維爾伯爵則以刻薄言論而聞名，被稱為毒蛇之舌。

比安卡不想跟他結仇，也只能慶幸達沃維爾伯爵欣然看待這個局面。雖然比安卡在這件事中沒有犯錯，但萬一他因為這次的事懷恨在心就麻煩了。

達沃維爾伯爵向比安卡點了頭，表示他希望事情就這樣結束。比安卡抱著想忘又忘不掉的彆扭，用點頭來代替回答。

「拉下去。」

達沃維爾伯爵對身後的騎士招招手，隸屬達沃維爾家的騎士們一擁而上，將呆站在宴會廳裡的安特拉下去。被強行拖離的安特滿臉通紅，卻完全無法反駁集中在自己身上的銳利眼神。

達沃維爾伯爵看向安特的眼神極其銳利，與畏畏縮縮的凱撒琳形成對比。或許她到現在還認為安特是因為自己才遭殃的，向被拉走的安特投以惋惜的目光。達沃維爾將凱撒琳拉過來抱在懷中，低聲說著悄悄話。安慰凱撒琳的態度極其深情甜蜜，無法輕易聯想到剛才的愉悅笑容。

仔細想想，據說達沃維爾伯爵雖然擁有毒蛇之舌的稱號，卻只對伯爵夫人言聽計從。傳聞的大意是，他能對貴族們說出誅心的苛刻評論，卻對伯爵夫人誠惶誠恐，連一句不好聽的話都說不出口。

世人普遍的評價是，他的能力非常出眾，不應該是因為入贅才這樣，但她又不是那麼有魅力的女人，不可能是深深愛上了伯爵夫人。包括將這些傳聞轉述給比安卡聽的伊馮娜，大家都覺得那傳聞沒有可信度。

然而此刻，比安卡認為那個沒有可信度的傳聞說不定是真的，比安卡打消要處理掉安特的念頭。如今安特的主人是達沃維爾伯爵夫人，從在她身邊的達沃維爾伯爵的表情看來，他應該是不用比安卡出面就能自行處理好的人。

況且眾多貴族都聚集於此，她的臉被大家看得一清二楚，應該沒辦法再待在

CHAPTER ✢ 11.

塞夫朗當女僕了。安特的事告一段落，比安卡又將矛頭指向賽琳娜。

「還有這位千金……請問妳是哪一個家族的女兒？」

「……沃爾奈子爵家。」

眼看安特連一句話都無法好好說出口，就被強行拖離宴會廳，賽琳娜茫然失措。她預想的局面不是這樣的。她一開始就對安特的話堅信不移，從來沒想過她透漏關於比安卡的傳聞是誇大的謊言，甚至放任她滔滔不絕講著夾雜臆測的謊言！

「沃爾奈子爵千金，妳對於出席這樣的宴會還要再多學習吧？因為千金輕率的行為，讓宴會的氣氛變得很糟糕呢。更何況這是其他國家的賓客也在場的喜慶宴會……」

比安卡憂慮地瞥向卡斯提亞使節團所在的位置，這時周遭的人才大吃一驚，觀察著國王的臉色。大家一心想著看熱鬧，沒發現到國王的心情隨著兩人的攻防戰越來越不悅。

國王瞪著沃爾奈子爵的藍眼中充滿了怒氣！礙於身為國王的威嚴，他無法介入女人們的爭執，只希望賽琳娜的家人能察覺事態，出來制止女兒，但沃爾奈子爵只喝得醉醺醺，不斷傻笑，沃爾奈子爵夫人也不知道去哪裡了。

看到國王生氣，沃爾奈子爵身邊的人戳戳他的腰側。這時他才驚覺事態不尋常，大吃一驚，不想繼續被國王盯著的他驚慌失措地抓住賽琳娜。

「咳，伯爵夫人，非常抱歉。看來是我疏於管教子女了。我也能理解您的憤怒，但可以請您寬宏大量地原諒這個孩子的愚蠢行為嗎？」

孩子的愚蠢行為？比安卡的年紀還比較小呢。周圍的貴族們都知道這件事，紛紛發出嗤笑聲，沃爾奈子爵卻還是厚著臉皮露出微笑，對比安卡鞠躬。

一看就知道沃爾奈子爵並非真心。有些渙散的眼神與沙啞的聲音，讓人有種散發出濃濃酒氣的錯覺。

賽琳娜攻擊比安卡的時候，他看著這副景象，呵呵笑著當成下酒菜。不僅沒有要阻止賽琳娜的無禮舉動的想法，說不定還認為女兒攻擊阿爾諾伯爵夫人也能讓扎卡里也嘗到苦頭，覺得心情很好。比安卡的推測並非沒有道理，能從他通紅的眼睛裡感覺到齷齪的心思。

比安卡壓抑住想要高聲大笑的衝動，保持微笑。

「我當然可以原諒她。雖然稍微造成了騷動，但圍繞在我周邊那些空穴來風的傳聞也藉這個機會整理乾淨了。」

「哎呀，伯爵夫人可真是人美心也美。果然是值得黃金玫瑰的淑女風範。」

『雖然說是伯爵夫人，終究只是個小女孩。只要奉承幾句好聽的話，就這麼輕

CHAPTER ✢ 11.

易原諒了。不過賽琳娜那個蠢丫頭，都是因為她莫名出頭，才會被國王盯上……！也沒釣到一個好的丈夫人選，真令人失望。我到底要幫她收拾善後到什麼時候啊。』

比起自己的女兒，他瞧不起比安卡的心思顯露在臉上。

即使沃爾奈子爵責罵賽琳娜，但事情會變成這樣，從某方面來看沃爾奈子爵才是真正的根源。

沃爾奈子爵想成為在首都有頭有臉的貴族，但他的家族領地不具備地理優勢，不富裕也沒有軍事能力。像這樣的家族想飛黃騰達，只能靠婚姻買賣。所以他時常壓迫賽琳娜，這次來首都時也威脅過她，如果不能勾引到像樣的公子就會挨罵。

因此賽琳娜總是在物色適婚年齡的男性卻不順利。因為男人們都只在意比安卡和奧黛莉王女。

奧黛莉王女畢竟是王室成員，美麗的外貌也沒人膽敢比較，是個無法冒犯的存在。但比安卡就不一樣了，賽琳娜自然會拿年齡相仿的比安卡和自己做比較，在她眼裡，比起褐色頭髮的比安卡，自己看起來漂亮許多。但兩人的情況怎麼會差這麼多？

再加上比安卡的婚姻生活如賽琳娜盼望的一樣完美，她卻絕對得不到。心中的自卑與挫折，還有比安卡看似不願意與她們相處的高傲態度，徹底刺傷了賽琳娜的心。這就是她特別討厭比安卡的原因。

但這些事情，沃爾奈子爵一無所知。現在因為有很多雙眼睛在看而按兵不動，回去住處之後一定會賞那個蠢丫頭好幾巴掌。他暗自辱罵著賽琳娜，對淺淺微笑的比安卡露出充滿歉意的假笑。

但他的笑容沒能持續太久。因為比安卡依然輕聲細語，惋惜似的搖搖頭繼續說道：

「不過，沃爾奈子爵。子爵家的名聲就不是我原不原諒的事了。你們造成了陛下的困擾，我相信子爵會處理好的。」

「哈、哈哈。說什麼造成陛下的困擾，您怎麼這麼說呢？伯爵夫人，我們子爵家……」

沃爾納子爵最想避開的就是國王的介入。本來以為國王到現在都沒有親自出面，事情應該可以順利敷衍過去，但比安卡又說了明顯會點燃國王怒火的話，讓沃爾奈子爵倉皇失措。雖然他為了打斷比安卡的話而提高音量，比安卡還是毫不在意地繼續說：

「子爵大人剛才說千金年紀還小，但據我所知，千金早已過了成年的歲數。長

CHAPTER ✢ 11.

大成人的女眷每天追著虛假傳聞，用這些沒有經過確認的事擾亂外國使臣在場的宴會，行為荒誕不周，沃爾奈子爵卻袖手旁觀。這不就等於顯現出了沃爾奈子爵家的水準嗎？」

一直以來沉默寡言的比安卡，與子爵對峙起來竟一句話都沒輸，反而將對方逼入困境，眾人都十分詫異，足以使人稱毒蛇之舌的達沃維爾伯爵相形失色的尖銳話術，也讓大家清楚了解到比安卡不是能輕易招惹的人。

聽到比安卡當面指責子爵家疏失的話，沃爾奈子爵的臉一陣紅一陣白，分不清楚是因為喝醉，還是因為被年幼的比安卡直接點出事實而感到憤怒。也或許兩者都有。

他的架勢就像萬一比安卡不是阿爾諾伯爵夫人、旁邊沒有扎卡里，他就會大舉反攻。他強忍怒氣的臉像火山一樣膨脹。

「所幸事情在闖下大禍前就結束，沒有損害到塞夫朗的地位，但確實帶來了危機。沃爾奈子爵，這是你疏於管教子弟而造成的不忠。」

比安卡毫不在意地繼續激怒他，雲淡風輕地將他想竭盡全力掩蓋的事揭露出來。沃爾奈子爵在心中不停謾罵，比安卡則裝作什麼都不知道，笑著說出晴天霹靂的話。

「向陛下謝罪的方法有很多種……嗯，暫時離開大家的視線也不錯吧？畢竟現在本就是王室訂婚，如此喜慶的時期……不需要非得出現在陛下的面前惹人討厭。您說對嗎，陛下？」

沃爾奈子爵通紅的眼睛不安地看向國王。國家英雄的妻子在宴會上當面遭受羞辱，對方還只是區區子爵的女兒。國王會選擇站在誰那邊，結果顯而易見。

沃爾奈子爵和賽琳娜能待到現在，是因為這件事是女人間的爭執。雖然宴會上座位以夫妻為一組，男女同桌，不能擅自搭話是社交圈的不成文規定。即使檯面下打著私下來往或是宮廷戀愛的名義，多少有容許的餘地，但表面上還是要遵守迂腐的不成文規定。

即便是國王也不例外。反倒因為是國王而更應該以身作則。就算比安卡膽敢主動向國王請示，應該也會遭到無視。只要國王不插手，這件事就能好好解決。只要國王不插手……

沃爾奈子爵自己為了平息這件事，介入了女人們的對話，卻祈禱國王不要插手，抱持著僥倖的期待。

「……阿爾諾伯爵夫人說得對。」

「陛、陛下！」

CHAPTER ✢ 11.

然而國王認同了比安卡。國王出乎意料且宛如晴天霹靂的宣判，讓沃爾奈子爵淒慘地大喊。有了國王的庇護，比安卡往他的怒火上火上澆油。

「希望你以後能盡早關心家族事務，而不是事後才想隨隨便便敷衍過去。」

沃爾奈子爵的脖子爆出青筋，他不只被一個年幼的女子看不起，還在眾人面前徹底丟光了面子，怒氣難消。

如果就這樣退讓，沃爾奈子爵家短時間內將無法踏進首都。而且這所謂的「短時間」是到什麼時候，完全要看國王的意思。萬一出差錯，也可能變成無限期的等待，就此完全被趕出首都。這對頑強地依附著首都，以撿拾多餘油水吃穿的沃爾奈子爵而言，無異於宣告死刑。

這可不行。再怎麼樣也得找到賽琳娜的結婚對象才行。

這次的事曝露了女兒的缺點和草率的一面，作夢都別想找到像樣的聯姻家族了。但如果被趕出首都，別說像樣的聯姻，連結婚的可能性都變得很稀薄。

沃爾奈子爵不是在擔心女兒的未來，只是為了重振家族！他一直打算盡可能將女兒賣得貴一點，但眼前的情況對他來說正是雪上加霜。

剛才賽琳娜放肆的時候就應該叫她閉嘴的。當時沃爾奈子爵笑吟吟地看著阿爾諾伯爵的臉色越來越僵硬，現在卻只怪罪賽琳娜，完全忘自己犯下的錯誤。

總之，他絕不能就這樣善罷干休。就像從頭上被澆了一盆冷水，瞬間就沒了醉意。沃爾奈子爵拚命向國王求情。

「陛下，求您再考慮一下。我的女兒還沒訂婚，如果因為這樣不能踏進首都，適婚期一轉眼就過了啊。」

「您知道地區貴族的婚姻和首都有什麼關係嗎？」

「我也不知道。看沃爾奈子爵拚命的樣子，應該是亂講的理由吧。」

眾人一直針對比安卡的嘲諷，現在齊聲轉向沃爾奈子爵，竊竊私語及嬉笑聲在宴會廳內響起。沃爾奈子爵咬著牙，再次懇切地大喊。

「禁止來首都的烙印對我們這種微寒的子爵家有莫大的影響。這次是我女兒過於草率，但為了這種小事就蒙上汙名不是太可憐了嗎？求求您大發慈悲，憐憫年幼小女的人生吧，陛下。」

沃爾奈子爵乞求著國王的同情，卑微得不能再卑微。低著頭不顯露出表情的沃爾奈子爵臉上氣得發抖。一旁的賽琳娜切身感覺到自己父親的怒氣。

賽琳娜面如死灰，神色害怕得快要窒息。可以明顯看出沃爾奈子爵平常是如何對待賽琳娜的。

比安卡皺起眉頭。賽琳娜在背後到處散播謠言，試圖在公開場合當眾羞辱自

CHAPTER ✣ 11.

己，如果說比安卡不覺得她很煩人，那是騙人的，但不代表比安卡不同情她。

這個時代的女性！不結婚就要受父親束縛，結了婚要戴上丈夫的枷鎖，連這點小事都無法自己選擇。比安卡難過的正是這個情形。現在的她很幸福，但其中不包括前世的比安卡。當她被不合適的婚姻束縛，走向破滅時，她不知道有多害怕……

比安卡沒辦法坐視賽琳娜瑟瑟發抖的模樣不管，大嘆一口氣。不管怎麼看，沃爾奈子爵都不是個好父親。比安卡能輕易想到賽琳娜和沃爾奈子爵因為禁制令而一起被趕出首都後，會有什麼下場。比安卡對終究無法狠下心來的自己感到失望。

「既然沃爾奈子爵這麼說，我有一個好主意。陛下，請問您是否願意聽我說？」

「是什麼，阿爾諾伯爵夫人？」

年老的國王寬容地回答，就算是看在布蘭克福特伯爵和阿爾諾伯爵的面子上，也打算做出讓比安卡滿意的決定。

比安卡一開口，沃爾奈子爵的臉色沉了下來。從剛才到現在，她說的每一句話都讓沃爾奈子爵的命運墜入谷底，自然會感到不安。比安卡看著這樣的沃爾奈子爵冷笑。

比安卡知道即便自己這樣為賽琳娜著想，她也不會對自己說任何感謝的話，這不像賞一巴掌再給一顆糖，反而可能會讓她對比安卡懷有更深的敵意。而且不管怎麼看，這個方法對她也沒有多大的幫助，讓她和沃爾奈子爵一起被趕出首都反倒才是明智的選擇……

但比安卡已經下定決心了，她平靜地開口說道：

「沃爾奈子爵玷汙了陛下的名譽，卻還主張著一己之私，想賴在首都，實在有欠思慮。但就像他說的，子爵千金還是個年幼女子，如果連一次機會都不給，我認為過於絕情了。」

「嗯嗯……」

「沃爾奈子爵家的教育不盡人意，讓沃爾奈子爵千金造成陛下莫大的困擾，但依照沃爾奈子爵的態度，再讓他重新教育沃爾奈子爵千金似乎沒有意義。長年教導至今的成果是如此，再教下去到最後有什麼意義呢？」

「所以？」

「請陛下大發慈悲，讓沃爾奈子爵千金留在王城內如何呢？」

「在城內？」

出乎意料的提議讓所有人都嚇一跳。賽琳娜在首都四處散播關於比安卡的謠

CHAPTER ✢ 11.

言，比安卡卻讓她留下來？眾人無法參透比安卡的意圖，茫然不解，比安卡身邊的人也是如此。人們完全沒想到比安卡是懷抱著單純的善意提出這個建言，反而猜想她是不是有其他計謀。

比安卡在大家的目光下，泰然自若地說：

「是的，讓她留在王城內服侍王室的女性成員，學習王宮裡的禮儀。不過如果王后殿下、王女殿下及王子妃殿下等王室貴族不歡迎她，那也是無可奈何的事……」

「嗯……」

國王發出沉重的低吟。他對沃爾奈子爵的態度感到相當不滿，那個女孩的草率行為讓塞夫朗的名譽受到了影響，但就這樣剝奪年幼賽琳娜的聯姻機會，同為有女兒的父親，心情也過意不去。既然比安卡先釋出善意，國王的罪惡感也減輕了許多。

「還不錯。但究竟誰要接受那個孩子呢？」

國王環視自己的周遭時，宴會廳內緩緩響起一道稍有倦意的優雅美聲。

「就交給我吧，陛下。」

「奧黛莉，妳嗎？」

國王十分驚詫，比安卡也同樣吃驚。這就等於把一個風評糟糕的人放在身邊，不是能隨便答應的事，所以比安卡也考慮過沒有任何王室女性成員願意接受的情況。當然萬一變成這樣，比安卡也沒辦法再為賽琳娜做什麼就是了……

奧黛莉王女的允諾真的始料未及，更何況奧黛莉王女對別人不感興趣的程度不輸比安卡，這樣的奧黛莉王女主動發聲，宴會廳內的所有人臉上都寫滿了震驚。

但仔細想想，沒有比奧黛莉王女更適合的對象。比起有些柔弱的大王子妃或王后，奧黛莉王女固執且個性剛強。如此不好欺負的對象當然也能管好賽琳娜。

奧黛莉眨著纖長的金黃睫毛，不以為意地悠悠答道：

「我和輔佐陛下的王后殿下，以及輔佐哥哥的王子妃殿下不一樣，我有很多時間。我因為陛下的恩惠自由自在地生活，當然該由我負責這種事情，讓陛下得以放心。」

「太好了，那麼沃爾奈子爵千金就交給奧黛莉吧。」

「感謝您接受我的提議，陛下，以及王女殿下。」

比安卡鞠躬表示謝意，國王的臉上露出滿意的微笑。這樣事情就算妥當解決了。雖然在宴會中表現出貴族間的爭吵，卻是個展現出王室從容、寬大，以及對貴族人士約束力的大好機會。

CHAPTER ✣ 11.

「沃爾奈子爵聽著，子爵千金是子爵家的一員，你身為子爵家的家長，必須因為擾亂宴會的罪行受到懲罰。我以此對子爵家下達首都禁制令，在受到本王傳喚之前，暫且不可離開領地。」

「……」

「然而如同你所說，子爵千金還年幼不懂事，為了讓她成為賢淑的淑女，我將她交給大王女教導。千金要能對伯爵夫人、大王女的寬宏大量心懷感激，磨練自己的品格。」

「……是，陛下。」

「小女謹記在心。」

賽琳娜也不自覺地低下頭，但似乎還是無法搞清楚狀況，用不明所以的神情看著四周，一連串的變化過於極端又迅速，讓她無法理解。

這件事乍看圓滿收尾，沃爾奈子爵的內心卻宛如枯株朽木。如果以他憂心賽琳娜婚事的主張來看，就算只有賽琳娜獨自留在首都，對沃爾奈子爵家而言，也有足以抵銷禁制令的益處。

能被選為王族侍女的人，在貴族之中也寥寥無幾，以沃爾奈子爵家來說是高攀了大王女侍女這個位置。即使拔擢成侍女需要經過一定的過程，沒辦法過於親近奧黛莉王女，但畢竟是極受歡迎的奧黛莉王女身邊的侍女，會讓許多男士產生興趣。

然而比起女兒，沃爾奈子爵更在乎自己被比安卡一句話打壓的羞辱感！這使他無法理智地接受此時的結果，用力咬緊牙關。

不過沃爾奈子爵不得不接受現實。能怎麼辦呢？國王與比安卡同一陣線，比安卡背後還有阿爾諾伯爵、布蘭克福特伯爵以及大王子。他倉皇避開國王不悅的視線，離開宴會廳。

賽琳娜一時不知道該不該跟著父親，茫然失措地在原地踱步，最終還是承受不住眾人的目光，逃也似地追上父親，嘲弄般的笑聲也緊隨著兩人。

破壞宴會氣氛的主嫌已然消失，但氣氛依然低迷。曾隨著賽琳娜的話詆毀比安卡的人們此刻都在看她的臉色。貴族們在看臉色，成群的音樂家們也跟著察言觀色。音樂聲微弱地襯在騷動之下，而騷動被寂靜壓制著。

假如想眾人注意自己，就要趁現在。比安卡深吸一口氣，調整表情。她本來不太擅長隱藏自己的內心，也討厭和人周旋交涉。但好歹她也在只有女人的修道院中生活過十多年，這點小事有充足的信心能辦到。

「氣氛變得好尷尬啊。我不想讓事情變成這樣……」

比安卡的語尾委屈又含糊不清，怎麼看都是刻意的表情和語氣。但人們很容易對這種裝模作樣的表情和語調敞開心扉。因為他們看重的不是比安卡的真心，是可以順勢迎合的機會。發現比安卡悄悄露出破綻，在比安卡身邊的貴族女性們立刻不分你我，紛紛向比安卡搭話。

「不是的，這是因為沃爾奈子爵千金太輕率了。竟然聽信區區一個侍女胡言亂語……」

「沒錯，阿爾諾伯爵夫人是受害者，沒有任何錯。」

「感謝妳們安慰我。」

比安卡淺淺露出微笑。那道微笑極為和藹可親，根本想像不到她曾把自己關在阿爾諾城，面對著四面牆壁。一直看著比安卡在貴族女人們之中談笑的羅貝爾，不敢置信地眨眨眼，索沃爾則為自己侍奉的淑女如此成熟自然，嘻嘻笑著。

而比誰都詫異的人，正是古斯塔夫與若阿尚。他們對比安卡的認知還停留在七歲，即便來到首都之後恢復了關係，還是習慣比安卡怕生的臉紅模樣。比安卡逝世的母親也並非善於社交的性格，更讓他們加深了成見。

這樣的比安卡與沃爾奈子爵對峙卻言之鑿鑿，和貴族仕女們對話也十分自然地掌握了主導權！看到比安卡侃侃而談，他們都驚訝得闔不上嘴巴。

「話說回來，剛才您問了這個蕾絲吧？」

「這叫做蕾絲嗎？」

蕾絲、蕾絲。每個人都咀嚼著這個詞，想著該如何得到用蕾絲製作的東西。雖然也很想要手絹，但包裹著比安卡背部的白色外袍是真正的藝術品。眾人不知不覺驚奇地望著她身上的外袍，早已忘記比安卡剛才將一個貴族男子逼到無路可退的絕境。

比安卡看著這些仕女們，謙遜地頷首說道，害羞的笑容十分自然。

「是，我是這麼稱呼的。雖然很難為情，但這是我自己做的。」

「天啊，伯爵夫人親手做的嗎？」

「您說編織或刺繡是您的興趣，手藝真是優秀。真的好厲害。」

「如果是這件，要我用幾匹綢緞換都可以。」

「這在您眼裡竟然如此珍貴，我也有點驕傲。謝謝您。」

吃驚的眾人因為比安卡的話變得熱絡起來，儘管大受稱讚，比安卡始終安靜地垂著眼眸。一直得不到想要的答案，每個人都焦急地瞥著比安卡。

那些人明顯都想得到它，想得到那種蕾絲！與比安卡的蕾絲相比，以金絲刺繡的絲綢手帕也相形遜色，只要知道在哪裡買得到，就算要億萬黃金也願意付。現

CHAPTER ✢ 11.

在得知那是比安卡親手製作的，也只能在她面前好好表現一番。每個人都爭先恐後地讚揚比安卡的手藝，希望她能把蕾絲賣給自己。

曾跟著賽琳娜辱罵比安卡的吉爾達德男爵夫人等人此刻啞口無言。不敢相信在庭園相遇時，那個不願意和她們說半句話的傲慢女人，和眼前與周圍人群融洽相處的比安卡是同一個人。她們的思緒變得複雜，答案只有兩種可能：阿爾諾伯爵夫人是出色的演員，或者她們當時看見的是充滿偏見的錯覺……

她們也很想加入話題，卻躊躇著開不了口。

宴會再次變得熱絡，國王也對和樂融融的氣氛感到滿意，樂師們的樂聲也逐漸升高。微笑著回應眾人、逐一回答提問的比安卡暗自咂嘴。

『差不多這樣就可以了吧。想做點生意，真的必須做到這種地步嗎……？』

這時候，比安卡的後背感覺到手掌輕輕掃過的觸感，一路滑到腰間的手就像掌握自己的東西般熟練。比安卡輕輕回頭看向手掌的主人扎卡里。當比安卡轉頭看來，也低頭望著比安卡的扎卡里立刻在比安卡耳邊低語。

「收成順利結束了嗎？」

想起自己曾說過「收成本來就要在成熟的時候進行」這句話，比安卡點點頭，低笑出聲。

「是大豐收呢。」

比安卡笑著說完，扎卡里也欣慰地點頭。扎卡里攬過比安卡的腰，就像抱著她一樣，對比安卡輕聲細語，嘴脣幾乎快碰到比安卡的臉頰。

「真是太好了。那我去外面一下，妳先待在座位上。」

「知道了，您去吧。」

雖然很好奇扎卡里為何離開宴會廳，但他這麼做一定有理由，比安卡沒有追問，只低下頭目送扎卡里離開。扎卡里用手背溫柔地撫過比安卡的臉頰後起身，他一開始離開，就舉起手制止想一擁而上的人們，默默走出會場。

貴族仕女們看著扎卡里對比安卡的溫柔舉動，都深嘆了一口氣。他一直被認為是冷淡的男人，對自己的妻子卻比任何人都浪漫，在擂臺賽上也一樣。

但羨慕也無濟於事，這樣的男人不會再有第二個。畢竟別說自己的丈夫，連情人都遠遠比不上扎卡里。

大概只有雅各布王子能與扎卡里相比……然而雅各布王子對女人不感興趣是眾所皆知的事，況且連「這樣的」雅各布王子也對比安卡表現出極大的興趣。女人們充滿羨慕的嘆息此起彼落。

這次的擂臺賽是為祝賀阿貝爾王世孫及納瓦拉王女訂婚而舉辦的，但如果說真

CHAPTER ✢ 11.

正的主角是比安卡，也不會有人有異議。

眾人羨慕著比安卡，但她本人只對過度的關心感到疲憊。就算說她身在福中不知福，她也無法欺騙自己。

如果是平常，她應該會表現出厭惡，但唯獨今天不行。現在不僅因為與沃爾奈子爵爭執，必須扭轉形象，也必須為了販售蕾絲、幫助阿爾諾家的財務而博得好感。比安卡竭盡全力拉起嘴角，保持笑容。

『再堅持一下吧，如果真的累了，我也稍微出去走一走。』

暗自心想的比安卡嘴角抖了抖，快速在腦袋裡編了個離開的藉口。眾人對比安卡的心思一無所知，依然滔滔不絕向比安卡拋出善意的提問。

* * *

「這都是因為妳愚蠢才闖下的禍！」

「啪」的聲音在走廊響起。離開宴會廳的沃爾奈子爵，打了跟在自己身後的賽琳娜一巴掌。賽琳娜被打得轉過身，臉頰腫起泛紅。她的眼裡盈滿淚水，但沃爾奈子爵對賽琳娜更加咄咄逼人。

「她的小恩小惠就讓妳安心了嗎？妳能就這樣留在首都很開心吧？根本不在乎爸爸因為妳受到多大的屈辱，妳這個忘恩負義的女人！果然養女兒一點用也沒有……！我付妳買禮服的費用，可不是要妳這樣報答我！」

激動的聲音非常響亮，在國王面前一句話也不敢說的人氣勢洶洶地指責賽琳娜，沃爾奈子爵看著女兒，怒火在眼裡熊熊燃燒。

「我不想再看到妳！妳立刻回房裡反省！像妳這種瘋婆娘還想去哪裡？」

在沃爾奈子爵嚴厲的斥責下，賽琳娜啜泣著返回住處。沒出息的東西。沃爾奈子爵咬緊牙關、憤怒看著她的背影，接著自言自語似地發洩怒氣。

「布蘭克福特伯爵是怎麼教女兒的……！」

今天的事態都是沃爾奈子爵自己疏於教導子女的結果，但怒火沖天的他反倒責怪起布蘭克福特伯爵。

「阿爾諾伯爵也真是的。妻子像隻自大傲慢的幼馬失控大鬧，居然一點反應也沒有，這像話嗎？」

沃爾奈子爵根本不在乎自己也在賽琳娜信口胡謅的時候輕笑著，一點反應也沒有。他絲毫沒有想到自己做的事，不停怪罪他人。

「今天的事無論如何……我一定會為今天的屈辱復仇。但那個女人的背後有阿

CHAPTER ✢ 11.

爾諾伯爵，還有大王子……都是我惹不起的對象……那麼……」

他不停喃喃自語，腳步越來越快。就在這時，他剛好遇見來到外頭的雅各布。國王將大王子視為繼承人的想法堅定不移，大王子的身後又有被譽為戰爭英雄的阿爾諾伯爵，肯定會成為下任國王。

但二王子在各方面都比大王子優秀，也是懷有野心的男人。如果只是這樣，沃爾奈子爵也會立刻選擇站在大王子這一邊，但二王子執拗的個性讓他放不下心。如果沃爾奈子爵加入大王子派，卻是二王子繼承王位……他連想都不敢想。

他一直以來都在大王子及二王子之間苦惱權衡，但他如今被阿爾諾伯爵盯上了，已經與大王子成為同一陣線。乾脆趁早投靠二王子雅各布吧。這麼心想的沃爾奈子爵正想去找雅各布，對方就在這個瞬間出現了！時機正好，沃爾奈子爵露出歡欣的笑容，來到雅各布面前。

「殿下！」

「喔，沃爾奈子爵。你要回領地了嗎？」

雅各布若無其事地故意提到在宴會上發生的騷動，讓沃爾奈子爵氣得繃緊脖子，卻不能顯露出不悅。他竭力避免讓雅各布感到不高興，拚命地纏著雅各布不放。

「殿下，求您救救我吧。」

「哈哈，被別人聽到會以為你被父王陛下嚴厲懲處呢，不就是沒什麼大不了的禁制令嗎？」

雅各布嘴上說著沒什麼大不了，但他和沃爾奈子爵都明白，那其實不是沒什麼大不了的事。雅各布輕揮揮手，像要甩開麻煩，他比一張白紙還輕薄的態度，透露出了他看不起沃爾奈子爵的想法。然而，沃爾奈子爵現在沒時間感到屈辱，因為他真的只剩下雅各布了。

「可是萬一陛下忘記我，我不就淪落到一輩子關在領地的處境嗎？殿下，如果您能解除我的禁制令，我一定會竭盡全力、獻出我的所有，讓二王子殿下登上塞夫朗最高貴的寶座。」

沃爾奈子爵卑微地看著雅各布的臉色，認為自己用最低的姿態恭維他，雅各布應該也不會無情地推開他。但雅各布笑著說：

「你不錯啊，連一句像樣的辯解都說不出口，被一個弱女子逼入困境的人能為我做些什麼呢？」

雅各布的直言嘲諷讓沃爾奈子爵驚慌不已，臉頰不斷抖動。沃爾奈子爵也很清楚，以自己家族的勢力，對雅各布成為國王的事沒有太大幫助。

CHAPTER ✢ 11.

但他不可能毫無籌碼就來找雅各布。認為自己有靠山的沃爾奈子爵奮力笑著想說服雅各布。

「我的女兒即將成為奧黛莉王女的侍女。奧黛莉王女和大王子是血肉之親，一定能得到很多有用的情報，而我的女兒也很樂意為殿下聽取這些訊息。」

「夠了、夠了，沃爾奈子爵。我明白了你的誠意，但你似乎對我的未來沒有什麼太大的幫助。」

雅各布宛如銅牆鐵壁，他揮揮手的眼神十分堅定，讓沃爾奈子爵說不出話。

「而且如果比安卡看到我和你來往，應該不會開心。」

雅各布說完後立刻轉身離去，逐漸遠離的披風下襬帶來陣陣寒風，冰冷得像再也不會回頭看他一眼。沃爾奈子爵悵然若失地望著他的背影。

比安卡？反覆思索後，他才想起比安卡是阿爾諾伯爵夫人的名字。但他到底為什麼會在此時提起這個名字？難道雅各布和阿爾諾伯爵夫人真的是那種關係……？那麼自己真是走錯路了，真正該去找的人不是雅各布……

「沃爾奈子爵。」

「唔、唔咿！」

沃爾奈子爵被突然從後方傳來的呼喊聲嚇了一跳，慌忙轉頭看去。身穿黑色衣服的高大男人——扎卡里正站在那裡瞪著自己。他原本就是肩膀寬闊、身材高大壯碩的男人，披著黑色毛皮披風更充滿壓迫感。

看著在銀色髮絲下方冰冷發亮的漆黑眼睛，沃爾奈子爵嚥下口水。他想轉而投靠的人正是扎卡里。今天特別奇怪，不管是雅各布還是扎卡里，都會馬上遇到想見的人。這是吉兆還是凶兆呢……不等沃爾奈子爵書裡好複雜的思緒，扎卡里率先開口。

「今天發生這種事，我很抱歉。」

扎卡里的音調平靜，乍看之下是安慰沃爾奈子爵的溫和態度，但本能感覺到的威脅讓他無法隨便卸下心防。

「被迫介入女人之間的事，又說不出任何辯解，就這樣被趕出首都，您覺得這樣的屈辱怎麼樣呢？」

果不其然。扎卡里的譏諷讓沃爾奈子爵咬住下唇。低沉的嗓音溫柔動聽，但蘊藏在其中的含意像刀一樣尖銳，刺上五臟六腑。

但這都是因為他不知道自己妻子的真面目。沃爾奈子爵面對扎卡里的針鋒相對，依然笑盈盈地親切回應。雖然今天一整天都在勉強自己擺出笑臉，嘴角都要裂開了，但還是只能忍耐。

CHAPTER ✢ 11.

「阿爾諾伯爵，請消消氣。我知道伯爵夫人的事讓您感到相當不滿，但發生這些事不是因為我對您懷有敵意。我一直很尊敬您，所以我才不能容忍那個女人欺騙您！」

沃爾奈激動地大喊，那激動的態度讓不明所以的人看到，甚至會誤以為他是扎卡里的忠臣。雖然見風轉舵是人類的通病，但沃爾奈子爵像翻書一樣快速的態度令人無言。竟然對上一秒還在辱罵的對象表現得這麼親密！沃爾奈子爵自己想想也覺得自己的演技非常厲害，更加投入。

用真摯的眼神仰望扎卡里，和他低聲私語的模樣就像癩蛤蟆一樣令人嫌惡，竭力壓低的聲音依然飄散出酒氣。然而，沃爾奈子爵似乎毫不自知，更對扎卡里死皮賴臉。

「阿爾諾伯爵，雖然這些話會讓您不悅，但您一定要聽。不是別的，就是雅各布王子與阿爾諾伯爵夫人之間……」

「沃爾奈子爵。」

扎卡里果決地打斷沃爾奈子爵的話。這也是沃爾奈子爵預料中的反應。扎卡里怎麼可能相信剛才跟妻子短兵相接的貴族男子，但沃爾納子爵認為，只要不斷對比安卡失德的事點燃疑心的火苗，日後扎卡里遲早會自己找上門。

沃爾奈子爵開口，打算告訴他雅各布提到比安卡的事，卻在聽到扎卡里接下來的狠毒告誡後啞口無言。

「像你這種男人我看多了。在戰場上比比皆是。沒辦法接受自己敗北的小人，為了自己的安危，玷汙別人的名譽也無所謂，把一切都當成藉口，掙扎到最後一刻的人們。還有為了得到高於實力的成果，用謊言掩飾另一個謊言的人……」

扎卡里十六歲第一次參與戰爭時，許多人都以他還年幼為由，不承認自己的失敗。敵方貶低扎卡里的實力，自己的隊友則虎視眈眈，想搶走扎卡里的戰功。扎卡里不是個貪婪的男人，但也不是會任由他人剝奪所有物的冤大頭。

「你不好奇，我是怎麼讓這些人閉嘴的嗎？」

「不、不……」

沃爾奈子爵被扎卡里的氣勢震懾，不自覺支支吾吾地向後退。太陽在宴會進行的期間逐漸西沉，在淺淺微笑的扎卡里身上投下深長的影子，讓他的笑容在黑暗中散發出詭異的光芒。

「請你記住，沃爾奈子爵。我不像大家所知道的那麼有耐性，與其費心說服你這種煩人的人，不如讓你永遠消失，我更輕鬆。」

扎卡里一開始就不打算和沃爾奈子爵囉嗦。他來找沃爾奈子爵是想對他提出警

CHAPTER ✣ 11.

告，而不是想聽他說話。

子爵原本想說的話顯而易見。是為了保住自己，想用三寸不爛之舌汙衊比安卡的名聲吧。所謂的貴族也是國王的騎士，而身為騎士，竟然做出如此惡劣的行為。扎卡里漆黑的瞳孔，像被火燒紅的煤炭一樣熊熊燃燒。

「沃爾奈子爵的領地與亞拉岡王國的邊境地區距離不遠，附近也沒有可以保護子爵領地的邊境藩侯……雖然現在亞拉岡的侵略以北方為主，但也有可能偶然進攻沃爾奈子爵領地所在的南邊。所以你最好待在領地，努力充實內需。」

「咿——！」

扎卡里的威脅大膽又駭人。言下之意，就是他能裝作是亞拉岡王國進犯，將沃爾奈子爵的家園踏成平地！

阿爾諾伯爵以一字千金聞名，只要他想引戰，就真的會發動戰爭。

原本只要讓扎卡里稍微聽自己說話，某些部分就算成功了，但他不僅連假裝聽都不願意，還拿領地來恐嚇，沃爾奈子爵臉色發白，對扎卡里的態度感到不滿。扎卡里的敵意十分露骨，想必無論自己說什麼，他都不會聽。

「我、我沒有違抗您的意思。那、那就祝您有愉快的一天。」

沃爾奈子爵無法承受扎卡里令人毛骨悚然的強烈殺氣，結結巴巴地低聲說著和狡辯沒兩樣的話，最後夾著尾巴飛快地逃跑。

逃跑的沃爾奈子爵一頭跌倒在地，能感覺到扎卡里的視線一直盯著他的背影。不需要回頭就能猜到他的模樣。他此刻一定瞪著自己，像躲在黑暗中，找到獵物般的猛獸盯著他。

首都的人都是瘋子，無法用人類的常識來理解。

不論是直接在國王面前提議對貴族男子下達禁制令的伯爵夫人、說著擔心會被這樣的女人討厭，輕易放棄在敵方陣營安插間諜機會的二王子，還是聽見妻子出軌，還是平靜地向領地宣戰的伯爵……

沃爾奈子爵咬了咬牙，扎卡里和雅各布都不聽自己說話，他也別無他法。這次的首都之旅完全失敗了，難道問題出在我這種人也想踏入政治圈？

酒！酒也是問題。如果沒有喝酒，就能阻止賽琳娜做出奇怪的事了……回到領地之後要滴酒不沾。沃爾奈子爵就這樣夾著尾巴，氣喘吁吁地離開王城。

如同沃爾奈子爵的猜測，扎卡里站在原地，盯著沃爾奈子爵走出城門。他已經重挫了對方的銳氣，短時間內應該不會輕舉妄動，乖乖待在領地好一陣子。

懷有敵意的人們，就像隨時會點燃的火種，會在意想不到的時候，用意想不到的方式點燃。造成多少影響取決於火種大小，但是都一樣麻煩。如果這些火花是濺到扎卡里自己，他不會放在心上，不過對象要是比安卡……

一開始就不應該讓火種有燃燒的理由。剷除火種的手段很單純，最確實的方式就是踐踏再踐踏，將其重新燃起的意志連根拔除。

扎卡里低聲咂嘴，轉身離去。解決了令他擔心的事，現在該回到比安卡身邊了。

——未完待續

高寶書版集團
gobooks.com.tw

CP022
婚姻這門生意 3
결혼 장사

作　　者　KEN
封面繪圖　Misty 系田
譯　　者　M 夫人
編　　輯　林欣潔
美術編輯　4YAN
排　　版　彭立瑋
企　　劃　李欣霓

發 行 人　朱凱蕾
出　　版　三日月書版股份有限公司
　　　　　Mikazuki Publishing Co., Ltd.
地　　址　臺北市內湖區洲子街 88 號 3 樓
網　　址　www.gobooks.com.tw
電　　話　(02) 27992788
電　　郵　readers@gobooks.com.tw（讀者服務部）
傳　　真　出版部 (02) 27990909　行銷部 (02) 27993088
郵政劃撥　19394552
戶　　名　英屬維京群島商高寶國際有限公司臺灣分公司
發　　行　英屬維京群島商高寶國際有限公司台灣分公司 / Printed in Taiwan
　　　　　Global Group Holdings, Ltd.
法律顧問　永然聯合法律事務所
初版日期　2025 年 8 月

國家圖書館出版品預行編目 (CIP) 資料

婚姻這門生意 / Ken 著 ; M 夫人譯 . -- 初版 . -- 臺北市 : 三日月書版股份有限公司出版 : 英屬維京群島商高寶國際有限公司台灣分公司發行 , 2025.08
　面 ;　公分 . --

譯自 : 결혼 장사

ISBN 978-626-7391-77-8 (第 3 冊 : 平裝)

862.57　　114007035